산만한 그녀의
색깔있는 독서

Yoon Sohee

산만한 그녀의
색깔있는 독서

드러내고 싶은 마음과 숨기고 싶은
마음이 더해져 글이 됩니다

책 읽어주는 작가,

윤소희

In books lies the soul of the whole past time.

- Thomas Carlyle,

책에는 모든 과거의 영혼이 가로누워 있다.

로맹 가리 장편소설
레이디 L
백선희 옮김
Lady L.
로맹 가리와 진 세버그의 숨 가쁜 사랑
노르망디의 연
새벽의 약속
그로칼랭
하늘의 뿌리
자기 앞의 生
에밀 아자르 장편소설
용경식 옮김
솔로몬 왕의 고뇌

아
침
놀

저마다 빛깔이

그가 또 살그머니 책 한 권을 놓고 갔다.

돌아보니 그는 이미 저만치 걸어가고 있다. 그가 놓고
간 책을 가만히 떠들어 본다. 역시 책 속에는 가끔 밑줄이
그어져 있거나 여백에 연필로 스케치한 그림이 보인다.

언제부턴가 그가 빌려준 책의 내용보다는 그가 남긴 선
이나 그림, 메모 등에 눈길이 더 갔다. 다시 말해 그가 어떤
문장에 밑줄을 그었는지 보다는 그가 그 문장에 줄을 긋는
방식이나, 어떤 단어에 네모를 칠 때 연필로 선을 긋는 방식
을 더 눈여겨보았다는 말이다.

밑줄이나 네모만큼 많지는 않지만 여백에 작게 스케치
해 놓은 그림을 보는 것도 몹시 흥미로웠다. 그가 스케치를

하듯 그은 밑줄이나, 기억하고 싶은 단어에 그림을 그리듯 선을 둘러 사각형을 그려 넣는 방법은 내가 연필이나 볼펜으로 쓱 치는 밑줄과는 분명 달랐다. 그의 손길이 닿은 책을 읽다 보면, 연필이 종이와 닿을 때 내는 '쓱싹쓱싹' 또는 '사각사각'하는 소리가 귓가에 들리는 듯하다.

그가 남긴 흔적들을 더듬다 보니 책이 저마다 가진 빛깔이 보였다. 이 책은 그 흔적들을 더듬어 읽어 간 기록이자 색깔 있는 독서의 흔적이다.

메일 새벽,

　읽고 쓰는 삶을

　　　나눕니다

책 소개 라방
every sat, 9pm
instagram @sohee_writer

아침놀

Reading changes

What is your colour?

colour 1.

BLACK

우울, 파괴, 죽음, 무거움, 슬픔, 불행, 죄, 비밀, 엄격함, 고독,
밤, 두려움, 혼돈, 악마, 자궁으로의 회귀

불협화음

"슬픔은 상황에 걸맞은 우울함이지만
우울증은 상황에 걸맞지 않은 슬픔이다."

〈한낮의 우울〉–앤드류 솔로몬

*

갑자기 울음이 터졌다. 도무지 혼자 버틸 수 없을 것 같
은데 정작 아무도 부를 수 없다. 오롯이 혼자다. 나를 아끼
는 이들이 분명 가까이 있다는 걸 아는 데도 도무지 연락을
할 수 없었다. 며칠 전 누군가가 언제든 전화해도 좋다고 해
준 말이 순간 떠올라 무작정 전화를 걸었다. 아무 말도 하지

않고 전화기를 붙들고 짐승처럼 울부짖었다. 말을 하고 싶은데 그 어떤 감정도 언어화되지 못했다. '끄억끄억' 괴상한 소리를 내며 울고 있는데, 온몸이 점점 뻣뻣하게 굳기 시작했다. 팔이 저려오면서 두 손이 점점 당나귀 발굽처럼 오그라들었다. 손에 마비가 와서 굽은 상태로 조금도 움직일 수 없었다. 다급한 목소리로 미안하다는 말만 남긴 채 들고 있던 휴대폰을 떨어뜨렸다. 잠시 후 전화가 끊기는 소리가 들렸다. 그 와중에도 다행이란 생각이 들었다. 뻣뻣하게 굽은 두 손을 어쩌지 못하고 그대로 주저앉아 한참을 울었다.

부모가 돌아가신 것도 아니고, 하다못해 사업이 망한 것도 아니고, 죽을병에 걸린 것도 아니다. 그저 감기 몸살을 일주일 넘게 앓고 있을 뿐이고, 마침 아랫집에서 공사를 시작했을 뿐이다. 드릴로 바닥을 뚫는 소리가 내 머릿속 뇌를 뚫는 소리처럼 들렸다. 작년, 윗집 공사 소음으로 반년을 시달렸다. 공사가 끝나고 조용해지자, 이번에는 코로나19로 거의 9개월간 집을 떠나 있었다. 오랜만에 집에 돌아오니 기다렸다는 듯 아랫집 공사가 시작되었다. 감기 몸살 때문에 밖에 나갈 수 없어 소음을 피할 수도 없다.

별날 것도 없는 사실을 열거하는데, 순간 어떤 장면이 떠올랐다. 집이 내가 싫어 못 견디겠다고 미친 듯 발길질하는데 달아나지 못하고 마냥 당하는 내 모습이. 하필 창으로 들어오는 햇빛은 더할 수 없이 반짝거리고 집안은 먼지 하나 없이 잘 정돈되어 있다. 사진으로 찍는다면 더없이 고요하고 평화로운 풍경. 하지만 오디오를 입힌다면 눈에 보이는 화면과는 모순된 지옥. 지금 내 상태가 꼭 그렇다.

오랜만에 집에 돌아왔고, 아이들은 몇 달 만에 학교에 갔다. 그토록 원하던 혼자만의 공간과 자유시간도 얻었다. 더할 수 없이 평화로운 풍경이다. 그런데 마음속은 온갖 소음과 괴성으로 북적거린다. 눈에 보이는 풍경과는 도무지 어울리지 않는 불협화음.

눈부신 가을 낮, 두꺼운 책을 붙들고 씨름하고 있다. 눈물이 나오고 있다는 건 아직은 기회가 있다는 뜻. 눈물마저 말라붙어 무감각, 무감동, 무기력의 세계로 넘어가면 그땐 정말 내 힘만으로 안 된다는 것을 알기에 버둥거린다.

죽이지 않으려고 필사적으로

"나는 연애를 할 때마다 그들을 죽이지 않으려고 필사적으로 걸었다. 현관을 박차고 나가는 순간부터 골목을 따라 이리저리 방향을 틀고 신호가 바뀌지 않는 횡단보도를 비껴 어느 향으로나 내처 걸었다. 그러다 여기가 대체 어딘지 몰라 어리둥절해하던 그 순간들이야말로 나와 연애한 사람들이 지금까지 무탈히 살아 있는 여러 이유들 중에 하나쯤은 될 수 있을 것이다."

〈산책과 연애〉 - 유진목

*

산책과 연애. 너무 평범한 제목이라 큰 기대 없이 읽기 시작했다*. 더구나 다음과 같은 문장으로 시작하는데, 전부 읽지 않을 도리가 없었다.

"읽지 않는 것이 더 나은 장이 있습니다.
전부 읽어도 저로서는 어쩔 수 없습니다."

책장을 후다닥 넘기며 금세 읽었다. 사랑하는 이와 산책을 하는 장면쯤을 예상하다 허를 찔린 기분이었다. 연애 대상에게 느끼는 살의를 가라앉히기 위해 산책을 하다니.

질문들:
-(하루키)를 좋아하세요?
-좋았어?
-원래 이런 사람이었니?
-내가 널 행복하게 하니?
-나한테 고마운 건 없니?
-넌 날 사랑하지 않는구나?
-나보다 그게 중요해?
-내가 언제?

몇 개쯤은 공감할 것이라며 열거한 질문을 읽다 웃음을

터뜨릴 수밖에 없었다.

"다들 어쩜. 하나같이. 똑같이. 거기서 거기."

가끔 몹시 짜증이 나긴 했지만, 연애 대상에게 살의를 느낄 수 있다는 생각은 하지 못했다. 살의의 방향은 언제나 나 자신. 문제는 늘 내게 있다고 여겼으니까.

애인에게 느끼는 살의를 가라앉히기 위해 걸을 필요는 없었지만, 스스로를 죽이지 않기 위해 걸었다. 그때 이상한 건 내가 아니라 '그'라는 걸 알아챌 수만 있었다면, 애꿎은 나 자신을 죽이고 싶어 안달하지는 않았을 텐데.

그나마 연애했던 이들 중 "하루키를 좋아하세요?"라고 묻는 이가 없었던 게 얼마나 다행인지.

* 이 책은 '말들의 흐름'이라는 끝말잇기 시리즈 중 다섯 번째 책인데, 다 읽을 때까지 '끝말잇기' 시리즈인 줄 몰랐다. 커피와 담배, 담배와 영화, 영화와 시, 시와 산책, 산책과 연애…

나, 벌레지 뭐

"내가 파악한 벌레 같은 인간들은 공통점이 있다.
그들은 인터넷을 정말로 많이 한다."

〈거짓의 조금〉 - 유진목

*

당연히 시집일 거라 생각했다. 앤 카슨의 〈빨강의 자서전
〉처럼 '시로 쓴 소설'일 거라고. 그래도 확인해 봐야겠다 싶
어 장르를 확인하니 에세이. 여러 모로 읽을 때마다 놀라게
하는 작가다.

세상엔 백 퍼센트 사실만 담긴 글도, 백 퍼센트 허구인 글도 없다. 모든 글은 사실과 허구 그 사이 어디쯤 위치한다. 막연하게 허구 비중이 크면 소설, 사실 비중이 크면 에세이라 여기고 있었다. 어디까지가 사실이고, 어디부터가 허구일까. 그걸 명확히 구분하는 건 가능할까. 구분하는 건 의미가 있을까. 어쩌면 그 틀에 갇혀 있느라, 사실과 허구의 비중이 어떻든 '진실'에서 멀어진 글만 끼적이게 된 건지도.

책의 구절을 발췌해 올리는 나를 '벌레'라고 부르는 작가의 책 구절을 그럼에도 발췌해 올리는 나는?

벌레지 뭐.

"내가 제일 싫어하는 부류는 그중에서도 책을 읽다가 울었다는 부류다. 그들은 '오래 울었다'고 쓴다. 그냥 '울었다'고 쓰지 않는다. '울었다. 오래 울었다.'고 쓴다. 그러한 반복에서 자신이 쓴 문장에 좀 더 슬픔의 '딥한' 무게가 실린다고 여기는 듯하다."

"벌레들은 발췌해 올린 책의 구절을 자신과 동일시한다. 타인의 문장을 자신이라 여기면서 기가 막히게 자신의 자아를 표현하기에 알맞은 책의 구절을 찾아낸다. 대개는 고통과 슬픔과 비탄의 문장들이다. 지금 자신이 그만큼 슬프고 비탄에 빠져 고통스럽다는 뜻이다."

허구의 비중 따위는 중요한 게 아니었다. '거짓의 조금'이 진실을 전할 수 있다면…. 문제는 진실을 끄집어내는 것 자체가 두려워 쓸데없는 것만 쓰고 있다는 것.
타인의 문장 뒤에 비겁하게 숨으려 한다는 것.

그러는 나,
벌레지 뭐.

너를 먹을 거야

"만약 네가 먼저 죽는다면 나는 너를 먹을 거야."

〈구의 증명〉 – 최진영

*

이렇게 빛이 맑은 가을날,
소풍 가듯 밖을 나서며 챙긴 책이 〈구의 증명〉이라니.
혹시 수학을 모티프로 한 거야?
아니,
사람을 먹는 이야기야.
울면서 시체를 조금씩 천천히 뜯어먹는 이야기.

젊은 연인의 딱한 사정은 도무지 희망이 없어 보인다. 부모가 물려준 빚 때문에 사채 업자에게 쫓기다 살해되는 구. 엄마 아빠가 누군지 들어본 적도 없고 할아버지와 이모 손에 자랐지만 그들마저 잃은 담. 담이 구를 발견했을 때 눈은 벌겋게 부어올랐고 코는 뭉개졌고 앞니가 빠져 있었다.

그런 구의 시체를 조금씩 뜯어먹으며 울고 있는 담의 모습은 그로테스크하지만,

나는 안다.

〈구의 증명〉은 이 맑은 가을날 더없이 어울리는 이야기라는 걸.

보고 있어도 보고 싶은,

가을빛처럼 맑고도 찬란한 빛 같은 사랑을 하고 있거나 해본 사람만이

쓸 수 있는 이야기니까.

'쥐족'이 쥐는 아니잖아요

"그 남자는 아는 사람이 신장을 팔아서
3만여 위안을 벌었다고 말하고 있었다.
그가 침대에 일어나 앉았다. 신장 하나를 팔면
슈메이에게 묘지를 사 줄 수 있겠다는 생각이 들었다."

〈제7일〉 – 위화

*

초인종이 울렸다. 문을 열자, '라오쓰*'가 모습을 드러냈
다. 며칠 전 집 앞에 있는 미용실에서 머리를 하다 헤어 디
자이너에게 중국어 '라오쓰'를 찾고 있으니 소개해 달라고

부탁했다. 두 아이에게 중국어 책을 읽어줄 라오쓰가 필요하다고. 드디어 나타난 라오쓰에게 '니하오'하고 어색하게 인사했지만, 벌어진 입을 다물기 힘들었다.

노랗게 탈색된 머리에는 여기저기 보라색, 초록색, 파란색 등 염색의 흔적이 남아 있고, 잦은 염색 탓인지 머릿결은 금방이라도 부스러질 듯 푸석거렸다. 열 손가락 위의 붉은 매니큐어는 '라오쓰'가 손을 움직일 때마다 강렬하게 불타올라 도무지 시선을 뗄 수 없었다. '라오쓰'는 미용실에서 머리 감겨주는 일을 하는 아가씨였다.

그날 밤, 밤새 악몽에 시달렸다. 아이들이 유괴를 당하고, 갑자기 집에 괴한이 들이닥쳐 돈을 요구하는 꿈. 사람을 못 믿는다는 건 참으로 슬픈 일이지만, 여기는 타국이니까 어쩔 수 없다고 생각했다. 돈 때문에 사람들이 미치도록 내몰리는 세상이니, 모든 경우의 수를 생각해 보지 않을 수 없었다.

〈제7일〉에 나오는 '류메이(슈메이)'는 미용실에서 머리 감겨주는 일을 하며, 좁은 지하 방공호에서 사는 '쥐족'이다. 남자 친구가 짝퉁 아이폰을 진짜라고 속인 것에 속이 상해

투신자살했다. 묻힐 묘지가 없어 떠돌다 남자 친구가 신장을 팔아 번 돈으로 겨우 묘지가 생겨 묻힐 수 있던 '슈메이.'

한국을 가도, 미국을 가도, 가장 비싼 명품 코너에서 지갑을 여는 고객은 중국인이다.

그런 반면, 쥐처럼 지하에 무더기로 모여 사람다운 생활을 영위하지 못하는 중국인도 여전히 많다.

밤새 고민하다 라오쓰에게 신분증 카피를 가져오라는 메시지를 보냈다. 다음날, 라오쓰는 열심히 아이들을 가르쳐 보겠다고 프린트를 몇 장 해가지고 왔다. 신분증 카피에는 내가 알고 있는 예쁜 이름 대신 '따뉘(大女)'라는 촌스러운 이름이 박혀 있었다. 시골에서 태어나 돈을 벌기 위해 베이징으로 올라온 '따뉘.' 여전히 매니큐어도 지우지 않았고 이름도 속였음이 드러났지만, '라오쓰'를 한 번 믿어보기로 했다.

---

* 라오쓰(老师): 중국어로 '선생님'이라는 뜻.

진짜 알고 싶긴 했던가

"신영복은 '아름다움'이 '앎'에서 나온 말이며, '안다'는 건 대상을 '껴안는' 일이라 했다. 언제든 자기 심장을 찌르려고 칼을 쥔 사람을 껴안는 일, 그것이 진짜 아는 것이라고."

〈그냥, 사람〉 – 홍은전

*

나는 책을 통해 세상을 보고, 세상을 알아가는 사람이다. 이 방법은 가장 안전한 방식이기에 조금은 비겁한지 모른다. 현장에 직접 발을 들이지 않는 한 세상을 변화시키는 데 일조할 수 없고, 심지어는 제대로 알지도 못한다.

적당한 거리를 유지하고 보면 모든 게 아름답게 보인다. 가까이 들여다 보고 정말 '알기' 시작하면, 고통스러워진다. 말하자면 다음과 같은 사실을 알게 되면 불편해진다.

장애인과 가난한 사람이 복지 서비스를 받기 위해서는 반드시 통과해야 하는 관문이 있다. 장애등급제와 부양의무제. 소, 돼지에게 하듯 장애인의 몸에 1~6급의 등급을 매겨 각종 서비스를 제한하고, 생계 지원이 절실한 사람들에게 일방적으로 부양의무자를 규정하고 그 책임을 떠넘긴다.

(장애인 OO가) 노점을 시작했지만 소득이 33만 원을 넘으면 수급권을 박탈한다는 이야기를 들었다. 어쩔 수 없이 노점을 접었다.

(선감학원은) '불량 행위'를 하는 자들을 교화시킨다는 명분을 내세웠지만, 실상은 빈민을 추방하고 격리하기 위함이었다.

산란계(닭)의 경우 쓸모가 없는 수평아리는 태어나자마자 거대한 칼날이 24시간 돌아가는 분쇄기에 넣어 비료로 만든다. 새끼를 낳는 게 목적인 종돈(돼지)의 경우 평생 동안 '스툴'이라는 형틀에 갇혀 옴짝달싹도 못한 채 강간과 임신, 출산을 반복하다가 '회전율'이 떨어지면 햄버거 패티 같은 분쇄육이 된다.

불편한 진실. 어쩌면 그래서 자꾸 적당한 거리를 두고 멀리 추방하려고 애쓰는 건지도.

"어떤 앎은 내 안으로 들어와 차곡차곡 쌓이지만 어떤 앎은 평생 쌓아온 세계를 한 방에 무너뜨리며 온다."

진짜 '알고' 싶기는 했던가,
스스로에게 묻는다.

임계장의 성은 '임'이 아닐 수 있다

"나는 퇴직 후 얻은 일터에서 '임계장'이라는 이름을 얻었다. 이는 '임시 계약직 노인장'이라는 말의 준말이다. 임계장은 '고-다-자'라 불리기도 한다. 고르기도 쉽고, 다루기도 쉽고, 자르기도 쉽다고 해서 붙은 말이다."

〈임계장 이야기〉 - 조정진

*

제목만 보고 저자의 성이 '임'이라고 생각했다, 주문한 책을 받아 보고 '조'여서 깜짝 놀랐다. 서문을 읽고 나서야 '임계장'의 뜻을 알고, 몹시 미안해졌다. 경비원이 쓴 책이라는 정도만 듣고 저자에 관해 꼼꼼히 살펴보지도 않은 채 책을 휙 장바구니에 넣었다. 저자를 '임계장'이라고 부르는 것과 뭐가 다를까.

"자네는 경비원도 사람이라고 생각하지? 그 생각이 잘못된 것이라네. (…) 자네가 사람으로 대접받을 생각으로 이 아파트에 왔다면 내일이라도 떠나게. 아파트 경비원이 '사람'이라고 생각하면, 경비원은 할 수가 없어."

수많은 임시 계약직 고령 노동자를 성도 이름도 관심 없다며 '임계장'이라고 부른다. 노동 환경이 열악할 거라 짐작은 했지만, 실제 상황이 상상을 초월해서 놀랐고, '소수의 가난한 약자들'의 일이라 여겼던 일이 생각보다 다수의 평범한 이들에게 일어나고 있는 것에 놀랐다.

"물론 아파트 주민들이 모두 김갑두(갑질의 두목)는 아니다. 주민들은 좋은 사람 소수와 무관심한 다수, 그리고 극소수의 나쁜 사람, 이렇게 세 가지 유형이 있었다."

수많은 '임계장'이 자신의 성과 이름을 되찾고, 정당한 노동의 대가와 인간적인 대우를 받을 수 있는 날이 빨리 오

게 하기 위해 내가 할 수 있는 일이 별로 없는 것 같아 답답
하다. 하지만 '무관심한 다수'에서 '좋은 사람 소수'가 되기
위한 노력은 시작할 수 있지 않을까. 저자가 '좋은 사람 소
수'로 묘사한 이들은 그저 먼저 반갑게 인사를 하고, 경비실
에 음료수를 슬쩍 놓고 가는 이들이었다.

3년 여의 '임계장' 생활 중 저자가 적은 노동일지가 10
권이 넘는다. 저자를 방문했던 후배가 이를 발견한 게 계기
가 되어 책이 나왔다. 극한의 작업 환경 속에서도 틈틈이
글을 쓴 저자에게 경의를 표하고 싶다.

역시 글쓰기는 아무것도 할 수 없는 절망적인 상황에서
도 인간이 스스로 할 수 있는 마지막 선택이다.

따분하고 진부한 진실

"그래도 우리는 서로 사랑하지 않으면 안 된다. 사랑만이
우리를 구원할 수 있기 때문이다."

〈나는 까칠하게 살기로 했다〉 - 양창순

*

제목에 끌려 책을 충동구매한 건 누군가에게 부당한 대
우와 억울한 비난을 받고 있었기 때문이다. 제목은 까칠해
도 '사랑만이 우리를 구원할 수 있다'로 끝날만큼, 책은 '까
칠함' 대신 '세련된 매너'를 권한다.

나한테 이 정도는 해줘야 하는데, 왜 안 해주는 거야?
세상 모두가 가해자고, 나만 피해자야, 왜?
아무도 날 사랑해주지 않아, 왜?
……
나, 나, 나, 나, …, 나.

자기 연민이나 자기 비하, 피해의식, 우울, 불안, 분노…
'나'로 향해 있는 시선의 방향을 살짝 틀어 다른 곳으로
돌릴 수만 있어도 어느 정도 해결될 수 있는 문제들.

누군가 딱 한 사람만이라도 용납해 주고 지지해 준다면
살아날 텐데.
그게 누구든 살아날 수 있을 텐데.

'사랑만이 우리를 구원할 수 있다.'

따분하도록 진부하지만,
지독히도 진실이다.

오죽하면 '꽃으로도 때리지 마라'고 하겠는가

"씨발, 이라고 자꾸 들으면 씨발, 이 된다는 거."

〈야만적인 앨리스 씨〉 - 황정은

*

아이들에게 손찌검을 했다. 멀리 타국 땅에 살고 있는 동생네를 찾아와 열흘쯤 보냈을까. 귀한 외동딸로 자란 조카는 개구쟁이 남동생 둘이 갑자기 생기자 날마다 눈물을 흘렸다. 잘잘못이 불분명했지만 조카가 동생 품에 안겨 서럽게 울고 있는 걸 보니, 나도 모르게 '울컥' 했다.

동그래진 눈으로 엄마를 바라보던 아이들은 몹시 놀라고 무섭고 억울했을 것이다.

　　때린 이유가 어떻든…
　　내가 후회를 하든 말든…
　　아이들에게 잘못을 빌든 말든…
　　이미 아이들에게는 상처가 났다.

　　"씨발, 이라고 자꾸 들으면 씨발, 이 된다는 거."

　　오죽하면 '꽃으로도 때리지 마라'고 하겠는가.

부재하는 건 바로 사람

"멜랑콜리는 창조적인 일, 곧 타자를 사랑하여 자기 내부로 타자를 받아들이고 그럼으로써 미래의 타자를 길러내는 일을 하는 사람이 가질 수밖에 없는 고통과 슬픔의 정조다."

〈멜랑콜리 미학〉 - 김동규

*

사랑 이야기를 쓸 때마다 롤랑 바르트의 〈사랑의 단상〉을 마치 백과사전 참조하듯 넘겨보고는 했다. 오랜만에 사랑에 대한 다른 참고서를 만났다. 더구나 추억 속 영화 '글루미 선데이'를 소환해, 영화를 중심으로 사랑과 죽음, 예술과 철학에 관한 사유를 엮어가는 방식이 흥미로웠다.

'이유 없는 슬픔'과 '부끄러움 없는 자기 비난'이 북받치는 요즘, 내게 일어나는 현상만 보면 나는 멜랑콜리커 (Melancholiker)가 분명하다. 하지만 내게는 결정적인 것이 부재한다. 멜랑콜리가 타자를 사랑하여 자기 내부로 받아들일 때 가질 수밖에 없는 고통과 슬픔의 정조라고 할 때, 내게는 가장 중요한 '사랑'이 없다. 도대체 이 바닥난 사랑은 어디 가서 되찾아 올 수 있을까.

'인간은 사랑과 죽음을 경험할 때에야 비로소 예술과 철학이 눈에 들어온다'는 저자의 말에 비춰 볼 때, 글이 잘 써지지 않는 이유도 아마 그 때문이겠지.

colour 2.

○

WHITE

순종, 침묵, 죽음, 떠남, 소멸, 냉담한 분리, 공허, 텅 빔,
무(無) 또는 모든 것의 혼합

누군가를 뜨겁게 사랑하지 못하고 있다면

"여자 없는 남자들이 되는 것은 아주 간단하다. 한 여자를 깊이 사랑하고, 그 후 그녀가 어딘가로 사라지면 되는 것이다."

〈여자 없는 남자들〉 – 무라카미 하루키

*

'여자 없는 남자들' 중 하나가 되어버린 남자를 사랑한 적 있다. 살을 맞대고 붙어 있어도 그는 실재하지 않았고, 사랑한다는 말은 그의 귀를 그대로 통과해 허공 중에 흩어져 버렸다. 알맹이 없이 텅 비어버린 그의 마음은 잡을 수도, 붙들어둘 수도 없었다. '때로 한 여자를 잃는다는 것은 모든 여자를 잃는 것이기도 하'니까.

'아름다운 것은 피할 수도… 가질 수도… 머물 수도 없다'*고 하지 않던가. 마음속에 품으면 품을수록 고통에 숨이 막혔지만 차마 그를 놓아버리지 못했다. 아니, 언제 잡아 본 적이라도 있을까. 그는 언제든 원할 때 바람처럼 왔다가 바람처럼 떠났다. 그가 찾아오면 천국에 들어선 듯한 열락(悅樂)을 느꼈지만, 그가 떠나고 나면 온 몸과 영혼이 금단증상에 시달렸다. 온몸의 신경세포들이 부르짖으며 애타게 그를 그리워했다. 시곗바늘은 배터리가 나간 듯 느릿느릿 움직였고, 맥박도 따라서 느려졌다. 안절부절못하며 한 자리에 앉아 있지 못하고, 일도 손에 잡히지 않았다. 밤새 잠을 자지 못하다가 운전을 할 때처럼 긴장해야 하는 순간에 졸음이 쏟아지기도 했다. 나는 자주 커피를 마셨고, 더 자주 술을 마셨다.

그 후 어쩌면 나는 '남자 없는 여자들' 중 하나가 되어 살았는지도 모르겠다. 아주 오래도록….

"한번 여자 없는 남자들이 되어버리면 그 고독의 빛은 당신 몸 깊숙이 배어든다."

옆에 있는 누군가를 뜨겁게 사랑하지 못하고 있다면,

우리는 모두 어떤 의미에서 여전히 '여자 없는 남자들' '남자 없는 여자들' 일 지도.

여자 없는 남자들이 되는 것은 아주 간단하다. 그 반대로 되는 것이 어려울 뿐.

거리나 카페에서 연인으로 보이는 커플을 보면 나도 모르게 그들 눈빛의 투명도를 가늠한다. 얼마나 충만한가 혹은 비어 있는가를….

* 김기덕 감독의 말

사과는 속부터 썩는다

"뽐므*의 하찮음은 무게가 엄청나게 나갔다."

〈레이스 뜨는 여자〉 – 파스칼 레네

*

뽐므는 '겉보기가 그렇듯 내면도 둥글고 매끈매끈'해 '깐 깐함이나 까칠함은 전혀 가지고 있지 않'은 여자다. '현실을 숨기는 게 아니라 오히려 너무 투명하게 드러내는 바람에 눈길이 거기에 와서 멈추기를 깜박 잊어버릴 만큼의 순진 성'은 에므리에게는 견디기 어려운 것이었다. '아무것도 쓰이지 않은 얼굴의 순결성과 거기서 비롯되는 이 진짜 적나

라함.'

겉으로 드러나는 신분 차이 같은 것을 이유로 뽐므를 '흔해 빠진 여자'로 분류해버림으로써 에므리가 진짜 벗어나려고 했던 것은 바로 그 '하찮음'이 아니었을까.

'대단히 엄청난 동의의 능력을 통해서 나타나는 지혜의 밑천을 둥글둥글한 영혼 아래 지니고 있'는 뽐므는 에므리가 헤어지자고 할 때도, "아, 좋아요!"에 이어 "알고 있었어요."라고 말한다.

모나지 않고 '깐깐함이나 까칠함'이라고는 전혀 찾아볼 수 없는 뽐므의 그 매끈하고 동글동글함이 오히려 에므리로 하여금 미끄러져 튕겨나가게 했다. 아무것도 숨기지 않고 모든 것을 너무도 투명하게 드러내는 뽐므의 그 순결성과 순진성이 오히려 뽐므 내면에 보이지 않는 어둠을 만들어 썩어가게 한 것은 아니었을지….

매끈하고 동글동글하게 에므리와 헤어진 후,
뽐므는 정신병원에 들어갔다.

며칠 전, 처음 보는 사람 앞에서 (나이 마흔이 넘어) 옷차림 따위로 비난을 듣고도 그 앞에서 매끈하고 동글동글하게 웃으며, "아, 그렇군요." 했다. 그리고 돌아와서는 병이 났다.

매끈매끈하고 동글동글한 사과는
어쩌면 그래서 속부터 썩는지도….

––––––––––
* '사과'라는 뜻

모든 것이 너무나 가벼워

"모든 것이 쉬웠고, 모든 것이 가벼웠다. 어쩌면 그 때문에 기억의 보퉁이가 그렇게 조그만지도 모르겠다."

〈책 읽어주는 남자〉 - 베른하르트 슐링크

*

남에게 상처 주지 않기 위해 덮어두고 있던 마음 한구석을 묘하게 찌른다.

남의 시선 아래 드러나는 게 부끄러운 구석이 조금이라

도 존재한다면,

그건 '사랑'이 아니다.

그런데 그렇게 간단하게 말할 수 있는 걸까?

"나는 부인이 배반의 보이지 않는 한 변형임을 알고 있었
다."

얼굴이 너무 뾰족하고 길다고

키가 너무 작다고

김밥 냄새가 난다고

말을 할 수 있다는 건 '사랑'이 아닌 게다.

유사 '사랑'의 행태를 띠고 있는 데다

'사랑' 외에 딱히 붙일 단어가 없었을 뿐.

우린 각별한 사이가 아니냐며 나의 기억의 한 부분을 열
어 보라고 강요하는 누군가가 정말 '까맣게' 잊혀 생각나지
않았다. 그와 내가 얽혀 있었다는 많은 부분들이 떠오르지
않는 걸 보니, 모든 것이 너무나 가벼웠나 보다.

쓸쓸해

"쓸쓸해."

"저는 여자들의 천 마디, 만 마디 신세 한탄보다도 그 한 마디 중얼거림에 더 공감이 갈 게 틀림없다고 생각하지만, 이 세상 여자들한테서 끝내 한 번도 그 말을 들은 적이 없다는 것은 괴상하고도 이상하다고 생각합니다."

〈인간 실격〉 - 다자이 오사무

*

소설 속 주인공처럼 연인과 투신자살을 기도했으나 홀로 살아 남아 자살방조죄로 기소당했고,

진통제로 사용하던 파비날에 중독되어 정신병원에 입원한 적 있고,

다섯 번째 자살 기도에서 39의 나이로 사망했으며,

무라카미 류가 가장 존경하는 일본 작가인

다자이 오사무.

여러 번 자살을 기도하다 결국 젊은 나이에 자살로 생을 마감한 다자이 오사무를 지배하던 감정은 '쓸쓸함'이 아니었을까.

"우리가 알던 요조는 아주 순수하고 눈치 빠르고…… 술만 마시지 않는다면, 아니 마셔도…… 하느님같이 착한 아이였어요."

그저 남들보다 예민하고 타인의 감정을 잘 읽는다는 것, 그리고 순수하고 더럽혀지지 않은 것을 추구했다는 것이 죄인가? '무구한 신뢰심은 죄인가?'

극악무도한 범죄를 저지르는 사이코패스의 가장 큰 특징은 타인의 감정을 느낄 수 없다는 것이다. 즉 공감 능력이 없다는 것. 하지만 정확히 다른 극단에 있던 요조 역시 '인

간 실격'이 되어, 타인에게 '악(?)'을 행하게 된다. 함께 자살 기도하다 혼자 살아 남아 자살 방조자가 된다든지, 여러 여자의 마음을 가져간 뒤 끝까지 책임을 지지 못한다든지, 내연의 처가 강간을 당하는 걸 보고도 방치한다든지 등등.

왜?
그 답마저 소설 안에 있는 게 아닐까.

"제 불행은 거절할 능력이 없는 자의 불행이었습니다. 권하는데 거절하면 상대방 마음에도 제 마음에도 영원히 치유할 길 없는 생생한 금이 갈 것 같은 공포에 위협당하고 있었던 것입니다."

"쓸쓸함"이라 표현한 요조의 공허함, 비어 있음, 무(無).
그 비어 있음이 '순수함'으로 머물 수 있다면 좋으련만, 비어 있는 틈을 노리는 악(惡)에게는 무방비 상태였다는 것이 죄라면 죄일까.

이런 결론은 너무 쓸쓸하다.

소설의 얼굴

"불혹이 되어서야 작가가 되었다. 어디서 얼마나 헤매었
는지는 잘 모르겠다. 나의 존재 자체가 악惡이라고 생각하
며 살았던 시간이 무색하게도, 내겐 늦은 행운들이 찾아왔
고 아껴두고 싶은 좋은 사람들이 생겼다. 행운이 불러온 사
람들. 그 사람들이 가져온 행운들. 삶이란 끈질기게 기다리
면 차례가 오는 것일까. 쓰는 일을, 삶을 감사하기로 했다."

〈완벽하게 헤어지는 방법〉 - 이은정

*

작가의 말에서 건져 올린 말이 내 기억 뭉치와 뒹굴더니

서로 엉겨 붙기 시작했다.

'작가로서의 늦은 출발'과 '나의 존재 자체가 악이라고 생각하며 살았던 시간.'

소설이 더 현실 같고, 현실이 더 소설 같은 삶.

'평범한 사람들이 주거나 받아야 했던 평범하지 않은 상처들'이 잘 드러난 소설 몇 편을 읽은 후,

잠시 소설의 얼굴을 하고 앉아 있었다.

피해자이기도 하고 동시에 가해자이기도 한

얼굴을.

연애편지에 담긴 진실

"사실 그녀에게 있어 그 편지들은 심심풀이용으로, 자기
손은 불에 넣지 않으면서 뜨거운 불길을 유지하려는 것이
목적이었다. 반면에 플로렌티노 아리사는 한 줄 한 줄마다
자신을 불태우고 있었다."

〈콜레라 시대의 사랑〉 - 가브리엘 가르시아 마르케스

*

열여섯 살, 내가 살아온 딱 그만큼의 세월을 더 살아온
선생님을 짝사랑한 적이 있다. 요즘 중학생들은 어떨지 모
르지만, 당시 그 나이 소녀들에게는 흔하디 흔한 일이었다.

조금 다른 점이 있다면, 하루도 빼놓지 않고 편지를 썼다는 것. 매일 4~6장 분량의 편지를 썼고, 그 누구도 등교하지 않은 이른 시간에 학교에 가서 그 편지를 배달했다.

1년쯤 편지를 썼을 때, 모든 짝사랑하는 이들이 간절히 바라는 일이 일어났다. 상대에게서 내 사랑에 대한 반응과 고백을 받은 것이다. 놀랍게도 그때 나는 페르미나 다사처럼, '사랑의 감동이 아닌 환멸의 심연을 느꼈다.' 선생님의 귀여운 어린 아들이 떠올랐기 때문만은 아닐 것이다. 어쩌면 페르미나 다사처럼, 그 편지들은 '심심풀이용'까지는 아니더라도 '자기 손은 불에 넣지 않으면서 뜨거운 불길을 유지하려는 것이 목적'이었는지 모른다. 심지어 편지를 썼던 사람이 나이고, 짝사랑을 시작한 사람 역시 나였음에도 그랬다.

상대를 정말 사랑하기는 했을까.
그저 열렬한 사랑의 감정을 글로, 문장으로 토해내는 것 자체를 사랑했었던 건 아니었을까.

그 후에도 '연애편지 사건'이 두 번 더 있었다. 안타까운 건 종이에 썼든 인터넷을 통한 가상의 공간에 썼든, 한 글자도 남김없이 파기되었다는 것이다. 세월이 한참 흐른 후에도 아쉽고 아까운 건 종결된 사랑이 아니라 그토록 열정을 다 해 쏟아냈던 내 문장들이다.

플로렌티노 아리사.

주인공임에도 이토록 감정이입이나 공감이 되지 않는, 아니 공감하고 싶지 않은 인물도 드물 듯하다. 편지와 짝사랑이라는 공통분모가 있음에도 그를 이토록 혐오하는 걸 보면, 짝사랑을 종결할 때 심한 내상을 입었던 모양이다. 때늦은 진실게임에서 진실이 뭔지 알아채는 건 어쩌면 영원히 불가능한 일이겠지.

'53년 7개월 11일의 낮과 밤 동안' 인내하고 기다리며 공 들여 준비한 플로렌티노 아리사와 결국 '형편없이 망가지고 늙어버린' 몸을 섞고 마지막 순간 함께 있다 해도,

페르미나 다사의 마음속에 단 하나,

'사랑'만은 없었을 거라 여기는 건 나뿐일까.

아슬아슬 경계에 서서

"경계를 넘고 싶었다.

하지만 그마저도 예정된 길이었다면, 벗어나고자 갈망했던 경계라는 건 애당초 존재하기나 했던 것인지. 가슴 시린 풍경 앞으로 다가가고자 애썼다. 알아들을 수 없는 언어 사이를 헤집고 들어가 낯선 이야기를 엿듣고 싶었다. 그렇게 함으로써 예정된 길 위에 서 있었을 것이나, 미처 알아보지 못한 나를 만날 수 있으리라 믿었는지도 모른다."

〈길은 여전히 꿈을 꾼다〉 - 정수현

*

"경계를 넘고 싶었다."
아마도 그래서 늘 길을 떠나고 싶어 했던 것이겠지.

하지만 어디를 가든 내가 서 있는 곳이 곧 '경계'였다.
외줄 타기를 하듯 늘 위태로웠고
결국 이쪽에도 저쪽에도 속하지 못하는 나는
'경계'를 품에 안고 돌아오곤 했다.

지금도 여전히 경계에 서서…
길을 꿈꾼다.

공포 리스트에 하얀 트럭이 더해졌다

"실종된 여자들은 모두 마지막에 택시를 탔다. (…) 이제 나는 택시 앞자리에 앉지 않는다. 오른쪽 뒷좌석, 운전사의 목덜미가 잘 보이는 자리에만 앉는다. 그들의 표정을 쉽게 살펴볼 수 있기 때문이다. 내가 누군가에게 택시 번호를 보내거나 그에 관한 통화를 할 때, 그들의 옆얼굴이 어떻게 달라지는지 직접 목격해야만 하기 때문이다. 불편한 기색을 숨기지 않는 이들은 두렵지 않았다. 신경을 곤두서게 하는 건, 그래서 긴급 신고 번호를 눌러놓은 핸드폰을 몰래 꼭 쥐고 있게 하는 건, 일말의 불쾌감도 드러내지 않는 매끈한 얼굴들이었다."

〈화이트 호스〉 - 강화길

*

　벌떡 일어나서 커튼을 꼼꼼히 매만진다. 창문으로 그 어떤 빛도 새어나가지 않도록. 여느 시골 농가가 그렇듯 대문은 열려 있고 담장은 낮아 누구나 지나가며 한 번씩 마당을 힐끗 들여다볼 수 있다. 차양을 쳐 놓은 테라스로 연결되는 거실 한쪽의 낮고 넓은 창을 놓고 한참을 씨름했다. 이리저리 움직이며 맞춰 봐도 창문의 아귀가 맞지 않았다. 창문마다 잠금장치를 해도 이리저리 밀어보면 힘없이 스르르 열리고 만다. 결국 포기하고 다시 커튼을 꼼꼼히 닫았다.

　아는 이 하나도 없는 작은 섬, 선착장 옆 농가에 아이들과 나 셋만 남았다. 짐을 푼 지 하루 만에 휴가를 다 써버린 남편이 서울로 돌아갔기 때문이다. 대문은 안 잠가도 된다고 짐을 풀던 첫날 숙소 주인이 말했다. 집 지키는 개가 낯선 사람을 보면 무섭게 짖으니 걱정 말라고도 했다. 하지만 바로 전날까지만 해도 안전하다고 느꼈던 공간이 하루아침에 달라졌다. 낑낑거리는 개의 신음 소리가 귀에 거슬리고 심장 박동이 빨라진다.

　오전에 비가 그친 틈을 타 아이들을 데리고 섬 안에 있는 조각공원에 갔다. 남편이 차를 몰고 갔기에 45분에 한 대 오는 버스를 기다려 탔다. 지도 앱을 보니 정류장에서 내려 1킬로미터 정도만 걸으면 목적지가 나온다기에 구불구불한 길을 따라 걸었다. 비 온 뒤라 날이 흐렸고, 길을 걷는 사람은 우리뿐이었다. 가끔 지나가는 차들이 반가울 지경이었다. 문득 트럭 한 대가 멈춰 섰다. 처음엔 크게 신경 쓰지 않았다. 그런데 몇 백 미터를 걷는 동안 트럭이 마치 우리를 따라오는 듯 우리가 걷는 속도에 맞춰 천천히 가다 서기를 반복했다. 신경이 곤두서자 걸음이 빨라졌다. 한창 둘이 신나게 이야기를 나누며 걷고 있던 아이들도 조용해졌고, 급기야 막내 아이가 내 팔을 잡아끌며 트럭이 자꾸 우리를 따라온다고 말했다. 걸음을 멈추고 서둘러 남편에게 전화를 걸었다. 남편은 받지 않았고 '회의 중'이라는 메시지만 돌아왔다. 그래도 통화를 하는 척 휴대폰을 귀에 대고 계속 떠들어 댔다. 트럭을 쳐다보며 보란 듯이 사진을 찍어 남편에게 급히 전송했다. 소설 속 주인공이 택시에서 운전기사가 알아채도록 택시 번호를 누군가에게 보내거나 통화하는 것처럼.

그제야 트럭이 우리를 앞서 떠나갔다. 안도의 한숨을 쉬었지만 심장은 여전히 두근거린다. 아이들을 재촉해 목적지를 향해 빨리 걸었다. 이제 2,3백 미터 정도만 가면 목적지다. 그때 갑자기 눈앞에 아까 떠났던 트럭이 내려오는 것이 보였다. 우리가 걷고 있는 차선에서 마주 내려오다 우리 앞에 딱 멈췄다. 그 순간 심장도 멎는 줄 알았다. 떨리는 손으로 남편에게 다시 전화를 걸며 아이들 손을 끌고 뛰어서 찻길을 건넜다. 앞을 향해 무조건 뛰었다. 다행히 목적지가 보이고 사람과 차들이 보이기 시작한다. 다리가 풀려 금방이라도 주저앉을 것 같았지만, 멈추지 않고 실내로 들어갔다. 더 이상 트럭이 따라올 수 없는 곳으로.

대다수의 남자들이 뭘 그리 예민하게 구느냐고 할 정도로 별일 아니란 걸 안다. 하지만 오랜 시간 학습해온 공포는 그리 쉽게 지워지지 않는다. 아마 지금 내 아이들 나이쯤이었을 것이다. 내가 범죄의 예비 피해자라는 자각을 처음 하게 된 것은. 그 후 그 사실을 단 하루도 잊은 적이 없다. 만원 지하철과 버스, 으슥한 골목길, 혼자 타는 택시 안, 머리부터 발끝까지 빨간색으로 도배를 한 레드 맨 등 공포의 리스트는 끝없이 이어진다.

방금 하얀 트럭이 그 리스트에 더해졌다.

당신도 공범이 아닙니까?

"인권은 감수성의 문제라는 겁니다. 느낌, 공감."

〈공범들의 도시〉 - 표창원, 지승호

*

평소보다 일찍 일어난 아이들을 데리고 애너하임으로 향했다. 개장 시간에 맞춰 도착하니, 디즈니랜드 입구에 긴 줄이 보인다. 줄마다 경비원이 서서 입장하는 사람 하나하나의 가방을 뒤지기 시작했다.

"설마 총이 있을까 봐 보안 검색하는 거야?"

그랬더라면 좀 덜 모욕적이었을까? 경비원이 가방 안에

서 찾고 있던 건 음식물이었다.

'음식물 반입 금지!'

일단 입장한 고객들이 최대한 돈을 쓰게 해야 한다는 그들의 목표를 이해 못하는 건 아니다. '일상에서의 탈출'을 돕기 위해, 또는 혹시 싸온 음식을 먹다 식중독에 걸릴 수도 있으니 '고객의 안전'을 돕기 위해서라는 그들의 거창한 변명을 모르는 것도 아니다. 그래도 (겨우 음식물 따위를 가지고 들어온) 잠재적 범죄자로 의심받으며 지극히 개인적인 소지품을 남들 앞에 열어 보여야 한다는 건 좀….

인권이나 인간의 존엄성 운운하면 거창하게 들릴 수 있다. 하지만 인권이란 그저 한 인간이 어떻게 느끼는지 그 느낌을 공감해 줄 수 있는 것, 그런 게 아닐까.

꿈과 희망, 모험의 세계에 입장도 하기 전에 기분은 진흙창에 가라앉았고, 기대했던 마음은 발에 밟힌 낙엽처럼 바스러졌다. 아이들의 상상력을 자극하기 위해 찾아온 곳에서 오히려 모멸감만 준 건 아닌지. 아무리 선하고 순수한 캐릭터와 이야기로 이 세계를 도배한다 해도, 이처럼 감수성이 떨어지는 곳에서 순수함과 선함이 자랄 수 있을까. 결국 밝고 화려한 곳에서 범죄자를 키우고 있는 건지도.

"아파서 병원에 가고 있는 중이에요"

"아, 그러십니까? 얼마나 힘드십니까? 그런데 고객님, 좋은 금리의 상품이 나왔는데요."

책에 나온 사례처럼 세상은 점점 기계적인 공감과 자기 이익, 실적만 추구하는 텔레마케터의 세상이 되어 가고 있다. 여기저기서 모멸감을 느끼며 스스로를 피해자라고 여기고 있지만, 어쩌면 이렇게 물어야 할지 모른다.

당신도 공범이 아닙니까?

가장 충격적인 건

"우리 인도 사람은 주변의 고통과 불행을 보면서도 아무
런 영향을 받지 않는 고매한 능력을 갖고 있단 말이다."

〈슬럼독 밀리어네어〉 - 비카스 스와루프

*

잠시 머물던 미국. 모두가 평등하다고 주장하고 얼핏 그
렇게도 보이지만, 인종간, 계급 간 보이지 않는 선이 엄연히
존재한다. 카스트라는 신분 제도가 엄격한 인도인들은 미국
에 와서 국적이 변경된 후에도 그 신분제에서 온전히 벗어
나지 못한다. 성(last name)에 신분이 그대로 드러나기 때문

이다. 똑같이 의대를 나와 같은 의사 자격을 가져도, 귀족층은 고급 클리닉을 하고 하층민은 변두리에서 구멍가게 같은 진료소를 연다.

소설과 영화를 모두 봤는데, 볼 때마다 제발 실화였으면 하고 바랐다. 빈민가 출신의 고아 자말이 〈누가 백만장자가 될 것인가〉라는 인기 퀴즈쇼 최종 라운드에 오른다. 자말이 살아온 모든 고난의 순간이 각 라운드의 정답을 맞힐 수 있게 한 힌트가 되는 일이 실제 일어날 확률은 거의 제로에 가깝다는 걸 알면서도.

"엄마, 저 아저씨는 왜 길바닥에 누워 있어?"

다운타운으로 나가자 마주치게 되는 홈리스들. 나도 모르게 아이의 손목을 잡아끌었다. 아이가 돌아보지도 못하게 하고 그 자리를 속히 떠났다. 인도 사람은 아니지만, "주변의 고통과 불행을 보면서도 아무런 영향을 받지 않는 고매한 능력"을 갖게 된 것이다.

"존재 자체가 불법인 사람"
"똥을 누려해도 길게 줄을 서야 하는 사람"

그들도 만지면 따뜻한 '사람'이란 사실을 잊지 말아야 하는데,

가장 충격적인 건 역시 무관심이다.

아니 '무관심'으로 이끄는 근거 없는,

아니 누군가에 의해 고안된

'두려움'이다.

colour 3.

PINK

재생, 남성과 여성의 합일, 로맨틱, 젊음, 행복, 부드러움,
정신적 신체적 건강, 소녀다움, 화사함, 모성애, 유아적

아내만을 지극히 사랑하는 남자

"내가 무엇을 하건, 무엇을 하지 않건
모든 면에서 아내가 그립다."

〈사랑은 그렇게 끝나지 않는다〉 - 줄리언 반스

*

뇌종양 판정을 받고 겨우 37일 만에 죽은 아내. 평생 사
랑했던 아내의 갑작스러운 죽음 후, 침묵했던 줄리언 반스
가 4년 만에 아내에 대해 입을 연다.

"만약 내가 이제껏 4년 동안 아내의 부재를 견뎌내 왔다

면, 그건 4년 동안 그녀의 실재를 품어왔기 때문이다."

그의 소설 〈예감은 틀리지 않는다〉가 결말에 가서 충격을 안겨 준다면, 〈사랑은 그렇게 끝나지 않는다〉는 첫 장부터 충격을 준다. 죽은 아내를 그리워하고 비탄에 빠진 작가의 에세이에서 독자가 예상하는 모든 것을 완전히 벗어난 새로운 방식으로 'Levels of Life(삶의 충위)*'를 보여주기 때문이다.

"나중에 자신의 묘비명에 어떤 글을 새기고 싶으세요?"
"평생 한 여자만을 사랑했노라."

농담처럼 마무리해 다 같이 웃으며 남편의 뜬금없는 대답은 그렇게 수습되었다. 하지만 나는 얼굴이 달아오르고 가슴이 두근거렸다. 농담으로라도 애정 표현을 잘 못하는 그의 말은 진심이었을지 모른다는 생각이 들었기 때문이다.

불륜이 넘치는 시대,
아내만을 지극히 사랑하는 남자는 어쩐지 섹시하다.

---

* 〈사랑은 그렇게 끝나지 않는다〉의 원제가 〈Levels of Life〉이다.

뜨거운 물은 새로 꺼낸 차에다만

"그간 사랑했던 여자들을 그는 여전히 사랑하고, 또 그런 식으로 영원히 사랑할 테지만 그건 '다시' 사랑하는 일은 없으리라는 뜻이었다. 그건 한번 우려낸 국화차에 다시 뜨거운 물을 붓는 짓이나 마찬가지니까. 아무리 기다려봐야 처음의 차맛은 우러나지 않는다. 뜨거운 물은 새로 꺼낸 차에다만. 그게 인생의 모든 차를 맛있게 음미하는 방법이다."

〈사월의 미, 칠월의 솔〉 - 김연수

*

이미 7월 같이 더운 5월, 이곳에서는 그 좋은 빗소리를 거의 들을 수 없다.

'우리가 살림을 차린 사월에는 미 정도였는데, 점점 높아지더니 칠월이 되니까 솔 정도까지 올라가더라.'

하는 피아노 건반을 두드릴 때처럼 통통거리는 빗소리를….

이미 살갗에 닿는 공기의 온도는 7월의 공기보다 뜨겁지만, 여전히 5월 답게 아름다운 꽃이 싱그럽게 피어 있다. 아무리 우울의 늪에 깊이 빠진 사람이라도, '이토록 아름다운 날 죽을 수는 없'다.

이토록 아름다운 날에는 첫사랑의 기억을 잠시 꺼내 보아도 좋겠지만,
'다시' 사랑하는 일은 없으리라.

"그건 한번 우려낸 국화차에 다시 뜨거운 물을 붓는 짓이나 마찬가지니까. 아무리 기다려봐야 처음의 차맛은 우러나지 않는다. 뜨거운 물은 새로 꺼낸 차에다만. 그게 인생의 모든 차를 맛있게 음미하는 방법이다."

찻물을 두 번째 우려내려다 말고 쏟아부었다.

인생의 모든 차를 맛있게 음미하고
인생의 모든 사랑이 첫사랑이 되도록.

영원한 사람의 비밀

"아름다워도 상처 받아도, 아파서 후회해도 사랑이란 건 멈춰지지지가 않는다. 사랑의 속성이 있다면 시작한다는 것, 끝난다는 것. 불타오르고 희미해져 꺼진다는 것. 그리고 또 다시 다른 얼굴로 시작된다는 것. 그 끊임없는 사이클을 살아있는 내내 오간다는 것."

〈프리즘〉 - 손원평

*

아파서 꼼짝없이 누워 있던 날, 오랜만에 소설을 손에 들고 단숨에 읽었다. 〈아몬드〉를 읽고 좋았으니 망설임 없이 읽었고, 솔직히 〈아몬드〉보다 좋았다. 뭐랄까, 이건 어른의 이야기니까. 어른들의 사랑 이야기.

네 명의 주인공이 억지로 끼워 맞춰져 사랑이 이뤄지는 해피 엔딩이 아니라 좋았다. 이별이 있었다 해서 해피엔딩이 아니라고 할 필요는 없잖은가. 뭐랄까, 이건 진실에 좀 더 가까운 해피엔딩.

제대로 피워 보지도 못하고 혼자 두근거리다 끝난 사랑.
가을바람처럼 짧게 스쳐간 사랑.
제대로 이별도 못해 마치 끝나지 않은 듯 말줄임표로 남은 사랑.
잔뜩 할퀴고 후벼 파며 끝낸 사랑…
사랑이라 불렀든 부르지 않았든,
나를 스쳐간 모든 사랑이 손을 흔들었다.

대부분의 사랑은 '그들은 오래오래 행복하게 살았습니다'로 끝나지 않는다. 하지만 그럼에도 사랑이 끝나는 건 아니다. 다시 다른 얼굴로 시작될 뿐. 그 끊임없는 사이클을 살아내며 어쩌면 우리는 '영원한' 사랑을 하는 건지 모른다.

"누가 내게 다가온다면 난 이렇게 반짝일 수 있을까.

또 나는 누군가에게 다정하고 찬란한 빛을 뿜어내게 하는 존재가 될 수 있을까."

소설이 던진 질문을 되뇌어 본다. 나는 누군가에게 이렇게 반짝일 수 있을까.

언제였든, 어디서든, 얼마나 길고 또 짧았든…

반짝일 수 있으면 족하다.

이렇게 우리는 '영원한' 사랑을 한다.

우리에게 필요한 철학

"나는 너를 사랑하기 때문에 싫어한다. 이것은 나는 이런 식으로 너를 사랑하는 위험을 무릅쓸 수밖에 없다는 것이 싫다는 근본적인 주장과 통한다."

〈왜 나는 너를 사랑하는가〉 - 알랭 드 보통

＊

유럽에 가면 자주 듣는 소리, 한국 사람은 철학이 없다. 시키는 대로 머릿속에 집어넣을 것만 해도 넘쳐나다 보니, 여유 있게 자기 생각을 하지 못한다는 뜻이다.

공자 왈, 맹자 왈, 소크라테스 가라사대… 철학하면 낡고 고리타분한 데다 머리만 지끈거리는 것으로 오해하고 있다.

'왜 내가 좋아하는 사람은 날 좋아하지 않고, 날 좋아하는 사람은 내가 좋아할 수 없는 걸까?'

이런 평범하고 시시한 질문에서 통찰을 보여 줄 수 있는 것. 심지어 그 통찰을 재치와 유머를 곁들여 지극히 '가볍게' 전할 수 있는 것. 우리에게 필요한 건 그런 의미의 철학이 아닐까.

"나는 그녀의 눈에 푹 빠져들고 말았다. 순간 나는 금욕주의적 철학을 내팽개치고 클로이에게 저질렀던 실수를 모조리 되풀이하는 일이 얼마나 쉬운지를 깨닫고 충격을 받았다.

(…)

그 후로 그녀를 생각만 해도 시인들이 마음이라고 부르는 영역이 떨리기 시작했기 때문이다. 그런 떨림은 한 가지를 의미할 수밖에 없었다 – 내가 다시 한번 빠지기 시작했다는 것."

이렇게 다시 가슴 설레는 사랑에 빠지고 운명적인 만남

이 아닐까 생각하는 이야기를 쓸 수 있던 건 알랭 드 보통이 스물다섯이라는 젊은 나이었기 때문이겠지. 스물다섯에 너무 많은 걸 알아버려 그의 사랑은 혹시 좀 덜 설레지는 않았을까.

하지만 기우였다. "결혼을 하면 삶이 무미건조하지 않느냐?"는 질문에 보통은 결혼 생활은 긴장, 분노, 슬픔 같은 감정이 동반되는 일이 계속 있어 역동적이라고 대답했으니. 이후 작가는 그 질문에 대한 본격적인 답으로 〈낭만적 연애와 그 후의 일상〉이라는 소설을 들고 나왔다.

문장의 연애

"나는 당신의 글과 사랑에 빠졌어요."

〈새벽 세시, 바람이 부나요?〉 – 다니엘 글라타우어

*

새벽 3시면 깨는 습관을 10년 넘게 유지하고 있다. 심지어 10시간 넘게 비행기를 타고 다른 대륙에 내려서도 새벽 3시가 되면 어김없이 깬다. 시차 때문에 새벽 1시쯤 깨어 새벽 3시를 넘긴 후 다시 잠이 든다든지 하는 '변주'는 좀 있었지만….

그렇게 멀리 여행을 할 때면 금식이 아닌 '금독' 기간을 갖는다. 시간만 났다 하면 책을 붙들고 읽어야 마음이 편한 내가 책 읽기를 금지하는 것이다. 낯선 곳에 있다는 기이한 느낌 때문인지 약간의 금단증상이 있긴 해도 대체로 견딜만 하다. 이렇게 문장 읽기에 중독된 내게 '문장의 연애'는 로망이 아닐 수 없다.

"나는 당신의 글과 사랑에 빠졌어요."

한 번도 만난 적 없고, 얼굴도 모르는 누군가와 그저 이메일로 글만 주고받게 된다면, 어찌 사랑에 빠지지 않을 수 있을까. 내가 원하는 모든 걸 똘똘 뭉친 환상을 투사한 상대보다 매력 있는 누군가가 실세계에 과연 존재할 수 있을까. 만나 보면 흠이 먼저 보이는 게 인간이니….

문장으로 하는 이 연애는 더할 수 없이 환상적이지만 한 가지 문제가 있다. 문장 밖으로 나오는 순간 끝이 난다는 것. 눈덩이처럼 부풀어 오른 환상이 실제를 대하는 순간 '빵' 터지고 말 테니까. 젊은 시절 내게 연애는 곧 연애편지 쓰기였기에, 문장 안에서 사랑을 키우는 법과 그 사랑이 문장 밖으로 나오면 어떻게 되는지 일찍 알아버렸다. 그럼에도 여전히 '문장의 연애'를 꿈꾸는 건 사랑마저 문장 안에서 더 편안하기 때문이다. 그리고 그 병은 사이버 자폐증을 닮았다.

　새벽 세시, 바람이 부나요?
　모두가 잠든 듯 고요한 시간, 문장 속에서 나는 '똑똑' 하고 당신을 두드린다.
　바람이 내 창문을 잠시 두드렸듯이….

이야기를 함께 짓는 사람

"머리카락이 검은 아름다운 미국인 여성이 한 명 있었는데 배에 늘 홀로 서 있었어요. 난 페르가 여자를 쳐다보는 걸 알아차리고 "저 여자를 죽이는 걸로 책을 시작하면 어때?" 하고 말했습니다. 바로 그 아이디어가 '마르틴 베크' 시리즈의 첫 권 〈로재나〉가 되었습니다."

〈로재나〉 - 마이 셰발, 페르 발뢰

*

북유럽 국가의 추리-범죄 소설을 좋아해 스티그 라르손, 요 네스뵈, 페터 회 등의 작품을 보이는 대로 읽었다. 마이

셰발과 페르 발뢰는 그 작가들의 대부모(Godparents) 격이
다.

  자칫 밋밋하게 느껴질 정도로 소설 속 이야기는 현실에
가깝다. 하지만 그런 사실주의적 소설을 쓴 두 작가의 삶은
한 편의 소설 같다.

  글로 시작한 연애.
  마이 셰발과 페르 발뢰는 한 챕터씩 나눠 쓰고, 그렇게
한 장 한 장 쌓아 올려 하나의 소설을 만들었다.
  그것도 10년 동안 10권의 책을 어느 한 사람의 책이 아
닌 두 사람의 책으로 이어갔다.

  마지막 권이 출간된 해, 페르 발뢰가 세상을 떠났다.
  몹시 아쉽지만,
  소설의 결말로는 완벽하다.

정말 내가 미쳤다고 해도 상관없다

"진리의 빛은 결코 멀리 있지 않아. 그리고 그 빛 속으로
들어오지 못할 만큼 하찮거나 부패한 인간은 없지."

〈허조그〉 – 솔 벨로

*

두 번째 결혼마저 실패.

아내와 가장 친했던 친구에게 당한 배신.

그 배신을 혼자만 끝까지 모르고 있었다는 데서 느끼는
굴욕.

"정말 내가 미쳤다고 해도 상관없다."로 시작되는 이 소설은 솔 벨로의 자전적인 소설이다. 이혼 후 부인이 자기의 가장 친한 친구와 불륜 관계였다는 사실을 뒤늦게 알게 된다면 그 누구라도 미쳐버리지 않았을까. 소설은 '정말 미쳐버릴' 것 같은 마음 상태를 부치지 않을 편지 형식으로 끊임없이 써 내려가는 문장을 따라간다.

심리 치료의 한 방법으로 'Narrative Therapy(이야기 치료)'가 있다. 어쩌면 솔 벨로는 허조그를 통해 자신의 내면을 들여다보며 그 속의 이야기를 끌어내고, 재구성함으로써 스스로의 상처를 치유했는지 모른다. 그리고 그것은 분명 빛을 찾아가는 여행이었다.

"진리의 빛은 결코 멀리 있지 않아. 그리고 그 빛 속으로 들어오지 못할 만큼 하찮거나 부패한 인간은 없지."

'빛'을 찾아가는 여행은 누구에게나 필요하다.
문장으로든, 이야기로든, 아니면 다른 무엇으로든….

아름다움은 멀리 있지 않다

"누군가가 당신을 보고 있다면 걸음걸이부터 달라질 걸 요. 내가 미국에서 그리워한 게 바로 그거예요. '눈길'이오. 미국 여자들이 살찐 건 그 때문이 아닌가 싶어요."

〈프랑스 남자들은 뒷모습에 주목한다〉
– 일레인 사이올리노

*

코르시카로 가기 위해 파리로 가는 비행기에 몸을 실었을 때 읽었던 책이다. 결혼 후 처음으로 가족을 떼어 놓고 떠난 여행이었다.

그저 이 책을 읽고 용기를 내어 여행을 다녀왔을 뿐이었는데, 돌아왔을 때 '예뻐졌다'는 말을 많이 들었다.

달라진 건 아무것도 없었다.

무리하게 꾸미는 것 대신 내가 가진 게 뭔지, 내 안에 있는 것이 뭔지 들여다보았을 뿐.

그리고 당당해지기로 했을 뿐.

아, 그리고
눈길.

아름다움은 결코 멀리 있지 않다.

'반짝이는' 사람 주위에는 어떤 일이?

"먹는 것에도 입는 것에도 집을 가꾸는 데에도 심드렁한 채, 신발을 길에서 만 원짜리를 사더라도 책은 매주 사들여 탑을 쌓았다. 그런 부모님 곁에서 자라는 동안 나 역시 예술을 사랑하고 즐길 수밖에 없도록 빚어진 것이다. 믿을 수 없이 큰 혜택을 받고 컸다."

〈지구인만큼 지구를 사랑할 순 없어〉 - 정세랑

*

"보통 맛없는 맥줏집에서 매일 똑같은 이야기만 하는데 누나들이랑 놀면 제일 맛있는 디저트를 먹고 대화의 질도 높아서 좋아요."

정세랑 작가의 대학 후배가 한 말이다. 이런 사람이 되고 싶었다. 함께 하면 누구든 조금이라도 변화할 수 있고 반짝이는 생기를 더할 수 있는 사람. 이런 사람을 빚어내는 건 분명 주변 사람일 것이다. 예를 들면 정세랑 작가의 부모 같은.

일단 '사랑스러운 사람'으로 빚어지고 나면, 다른 사람들에게 빛과 생기를 나눠 줄 수 있다. 나이나 성별, 직업 등에 관계없이 다양한 사람들이 그 주위로 모여든다. 혼자만 빛나는 게 아니라, 주위 사람이 함께 반짝일 수 있도록.

하지만 '반짝이는' 사람이라 해도 어디서나 그 영향력을 발휘할 수 있는 건 아니다. 아무리 매력 있고 카리스마 있는 사람이라도 어떤 집단이나 공동체에서는 자신의 빛을 전혀 드러내지 못하고 무리에 그냥 묻힌다. 주로 '다름'을 드러낼 틈이나 여백이 없는 모임이 그렇다. 보이지 않는 강력한 규제로 모두가 한결같을 것을 요구하는 집단에서는 어느 누구도 반짝일 수 없다. 알아서 자기 빛깔을 지우기 바쁘니까.

팔색조라도 금세 무채색으로 만들어버릴 수 있는 곳이라면 얼른 벗어나는 게 좋다. 말하자면 "맛없는 맥줏집에서 매일 똑같은 이야기만 하는" 한결같은 모임의 개수는 줄이는 게 낫다. 대신 나와 전혀 다른 사람들이 섞여 다양한 다이내믹스를 기대할 수 있는 만남을 가지는 게 좋다. 다양한 사람들이 모이는 글쓰기 모임이 그랬고, '하고 싶다'는 열망 하나로 모인 아마추어 밴드가 그랬다.

하지만 나보다 젊은 사람, 하는 일이나 취향이 전혀 다른 사람이 나와 함께 하고 싶어지도록 하려면, 결국 나 자신에게도 '반짝임'이 있어야 한다. '정세랑 작가' 주위에 매력 있는 사람이 모이는 건지, 주위 사람들 때문에 '정세랑 작가'가 반짝이는지는, '닭이 먼저냐 달걀이 먼저냐' 하는 질문과 같은 걸지도.

반짝이는 사람 주위에 반짝이는 사람이 모이고,
또 그 주위에 모이는 사람 중 누군가는 잊고 있던 반짝임을 찾기도 할 테니까.

아무도 사랑해 주지 않을 때

"아줌마에겐 아무도 없는 만큼 자기 살이라도 붙어 있어
야 했다. 주변에 사랑해주는 사람이 아무도 없을 때, 사람들
은 뚱보가 된다."

〈자기 앞의 생〉 - 에밀 아자르

*

흠… 맞다….
몸무게 그래프와 무드 그래프를 같이 그려본다면 거의
정확하게 반대로 움직인다.
최소한 내 경우엔….

'엘리베이터도 없는 칠층 아파트에서 버려진 채 울고 있는 늙은 창녀' 로자 아줌마는 죽은 후 썩어 가는 얼굴에 화장을 해주고, 진동하는 냄새를 덮기 위해 향수를 뿌려주며, 며칠이고 그 옆에 나란히 누워 함께 하려는 모모가 있기에 행복한 사람이 아니었을까.

"사람은 사랑할 사람 없이는 살 수 없다."

모모는 겨우 열네 살이기에
벌거벗은 임금님에게
벌거벗었다고 말할 수 있는 아이처럼
너무도 당연하지만,
그 누구도 좀처럼 하지 않는 말로
이야기를 끝맺을 수 있었다.

"사랑해야 한다."

colour 4.

RED

아름다움, 기쁨, 열정, 금기, 사랑, 증오, 에로티즘, 낭만, 창조, 결합, 부활, 위험, 경고, 피, 심장, 불, 신호, 표지, 사치

이왕이면 아름답고 쓸모없기를

"지지난 겨울 경북 울진에서 돌을 주웠다
닭장 속에서 달걀을 꺼내듯
너는 조심스럽게 돌을 집어들었다
(…)
돌 위에 세숫비누를 올려둔 건 너였다
김을 담은 플라스틱 밀폐용기 뚜껑 위에
김이 나갈까 돌을 얹어둔 건 나였다
돌의 쓰임을 두고 머리를 맞대던 순간이
그리고 보면 사랑이었다"

〈아름답고 쓸모없기를〉 - 김민정

*

    아무짝에도 쓸모없는데 고장 나 아프기까지 하니 더없이
서글퍼지려는데,
    문득 안부를 물어오는 사람들.
    감기에 좋은 생강청을 보내오거나 끼니를 걱정해 죽을
보내 주고,
    갑자기 찾아와 빵과 샐러드를 건네는 이들이 있었다.

    '왜?'
    어쩐지 기이하게 느껴졌다.

    "그러고 보면 사랑이었다"

    아무리 머리를 굴려 봐도 쓸모없는 돌이지만,
    그 '돌의 쓰임을 두고 머리를 맞대던 순간'이 있고
    이곳저곳에 놓아 보며 그 빛깔이 변하는 것을 보고 아름
답게 여길 줄 아는 마음은
    분명 사랑이었다.

    3년 전에 사두고 읽지 못했던 시집을 읽었다.

약기운 때문인지 하루 종일 잠이 쏟아져 짧은 시만 간간이 읽을 수 있게 된 덕분에.

오랜만에 '쓸모없는' 채로도 괜찮다는 생각이 들었다.
이왕이면 아름답고 쓸모없기를….

무딘 가슴을 떨게 하는 일이라면

"정말 꼭 치고 싶은 곡이 있다면, 그 곡만 생각하면 당장 피아노 앞으로 달려가고 싶을 만큼 가슴이 쿵쾅거린다면, 그 곡이 무려 차이콥스키 협주곡이라도 쳐야 한다."

〈나는 오늘부터 피아노를 치기로 했다〉 - 홍예나

*

마흔이 넘어 바이올린을 배우기 시작했다. 제목을 보고 나처럼 피아노를 뒤늦게 배우기 시작한 사람의 책인 줄 알고 집어 들었다. 하지만 예중, 예고를 거쳐 러시아로 유학까지 다녀온 피아노 전문가의 책이었다. 그럼에도 듣고 싶던 말을 꼭 집어서 이야기해 주는 것이 시원했다.

"뒤늦게 전공할 거야? 뭐 하러 바이올린을 배워?"
나이 먹어 바이올린을 시작했다는 말을 듣고 많은 이들이 이렇게 물었고, 나는 고개를 숙인 채 입을 꾹 다물곤 했다. 전공할 것도 아니고, 오케스트라 같은 데 취직할 것도 아니고, 바이올린 선생님 권유대로 나중에 애들 가르치며 소소하게 생활비를 벌기 위한 것도 아니었으니까.

"아름답잖아…."

입 밖으로 꺼내지 못하고 꿀꺽 삼켰지만, 나는 그저 아름다운 소리를 내 손으로 만들어 보고 싶었다. 피아노든 바이올린이든 그 소리를 사랑한다는 게 중요하다. 어쩌면 그게 전부가 아닐까. 들으면 가슴 절절해 눈물이 날 것 같던 그 음악을 내 손으로 연주해 보고 싶다는 소망. 지난한 반복 속에서 느릿느릿 아름다움을 향해 다가가는 긴 여정에 발길을 내디딘 것뿐이다.

그 길은 생각보다 힘겨웠다. 허리디스크 때문에 몇 달을 꼼짝 못 하고 누워지내기도 했고, 손가락 관절증으로 활을 잡지 못할 때도 있었다. 그럴 때마다 의사에게 '바이올린 연습 금지 명령'을 받았고, 몇 달을 쉬고 나면 도돌이표처럼 진도를 한참 앞으로 되돌려야 했다. 금지 명령을 어기고 몰래 바이올린을 켜다 인어공주의 다리처럼 심한 통증을 느낀 적도 있다.

몹시 더딘 데다 자주 쉬기도 하지만, 꾸물꾸물 기어가듯 바이올린을 배운다. "손이 굳어도, 늦게 시작해도, 여러 가지 핸디캡이 많아도, 머리가 안 좋아도, 손이 작아도 '시간의 힘' 앞에서는 모두 무력화되는 경우를 무수히 보아왔다."는 저자의 말을 믿기로 한 것이다.

무딘 가슴이 다시 설렐 수 있다는데,
불륜보다 천 배 만 배 낫지 않은가.

당신의 빨강은 안녕한가

"어쩌면 그는 미쳤는지도 모른다. 7학년 때
이 고민에 관한 과학 과제를 한 적이 있었다.
색깔이 내는 소음에 대해 궁금증을
느끼기 시작한 해였다.
장미들이 정원에서
그를 향해 으르렁거렸다.
그는 밤에 침대에 누워 별들이 내는 은빛이
창문 방충망에 충돌하는 소리에
귀를 기울였다. 그 과학 과제를 위해
그가 인터뷰한 대부분의 사람들이 한낮의 태양 아래서
산 채로 불타는
장미의 비명을

듣지 못한다고 시인했다. 말 울음소리 같아.
게리온이 이해를 돕기 위해 말했다."

〈빨강의 자서전〉 - 앤 카슨

*

누군가 '한낮의 태양 아래서 산 채로 불타는 장미의 비명'을 들었다고 하면 우리는 곧 미쳤다고 할 것이다. 그러면 그는 장미의 비명을 듣고도 못 들은 척하게 될 테고. 자신의 빨강 날개를 슬쩍 가리면서….

〈남편의 아름다움〉으로 앤 카슨을 처음 만났다. 첫 만남에서 가벼운 전율을 느꼈기에, 시로 쓴 소설 〈빨강의 자서전〉을 바로 이어 읽었다.

이 소설을 다 이해했냐고 묻는다면 글쎄…. 책을 읽을 때 '이해'를 목적으로 생각해 본 적이 없는 것 같다. 물론 정보를 얻기 위한 단순한 독서를 제외하고. 나 자신도 이해 못하는데 누구를, 또 무엇을 '이해'할 수 있을까. 꼭 이해가 필요할까. 그럴 때는 그냥 통째로 삼키는 편이다, 있는 그대로….

"우리 모두 거의 항상 자신이 괴물이라고 느끼니까요."

〈브랙 매거진〉과의 인터뷰에서 앤 카슨이 했던 말처럼 우리는 자신이 게리온 같은 괴물이라고 느낀다. 남과 다른 자신만의 '빨강 날개'를 감지하는 순간, 어김없이 스스로를 괴물처럼 여긴다. 장미의 비명을 듣지는 못했지만, 내게도 어느 순간부터 남 앞에서는 하지 않게 된 이야기들이 있다. 장미의 비명이 들리지 않는 척하는 것이다. 맞아서 아플 때마다 '빨강'을 열심히 지웠고, 심지어는 '빨강 날개'를 뽑아 버리려고 했다. 괴물로 여겨지고 싶지 않았으니까.

어릴 때는 나 혼자만 '빨강'이 있는 줄 알았다. 혼자만 잘못 만들어졌는지 모른다고. 그래서 날고 싶을 때도 빨강 날개를 잘 접어 보이지 않는 곳에 잘 감추어두곤 했다. 하지만 이제는 안다. 다른 이들 역시 자신의 '빨강'을 열심히 지우며 잿빛으로 살아가고 있다는 것을.

바로 얼마 전까지만 해도 기발하고 개성적인 답을 하던 아이들이, 중학교에 들어가더니 "몰라요"로 일관한다. 아이도 '빨강' 때문에 아프기 시작한 것이다.

　당신의 빨강은 안녕한가.

　부디 '빨강' 날개를 뽑아 버리는 대신 살짝 숨기는 정도
로 버텨 주기를….

　가끔 미친 척 꺼내 펴 보기도 하면서.

사람 없이 사는 건 종잇장처럼 얇아진 손톱 같은 것

"꽃과 몸 섞는 일이란다. 밤새 너는 꽃의 방랑기로 온몸
이 붉어질지도 몰라. 꽃이 피는 소리를 들으려면 네 몸을 꽃
에 명주실로 꽁꽁 싸매야지. 손가락이 스칠 때마다 바람 냄
새가 온몸 가득 스며드는 그런 꿈이란다."*

〈거짓말처럼 맨드라미가〉 - 이승희

*

엄지손톱에 금이 갔다. 몇 번째인지 세는 것도 이미 포기
한 지 오래. 젤 네일이 손톱 건강에 치명적이라는 사실을 알
면서도 어쩔 수 없다는 듯 네일숍을 찾는다. 안 그래도 손톱

이 약한 편이었는데, 지난 몇 년 네일 케어를 받으며 손톱이 종잇장처럼 얇아졌다. 손톱을 쉬게 해 주겠다고 한동안 네일숍 방문을 끊었지만, 결국 3주를 넘기지 못했다. 젤 네일로 덮어놓지 않은 손톱은 금세 갈라지고 찢어져 도무지 생활이 불가능했기 때문이다. 악순환인 줄 알면서도 다시 찾게 되는 아이러니.

몇 달 동안 친절하게 내 손톱을 관리해 주던 네일 아티스트가 고향에 간다고 떠난 이후 아직 마음 붙일 사람을 찾지 못했다. 이 바닥 생리를 잘 모르지만, 한 곳에서 오래 일하는 게 쉽지 않은 모양이다. 예약할 때 아무나 관계없다고 했더니, 경험이 얼마 없는 이를 배정했다. 열 손톱 모두 불이 나는 듯 뜨겁고 아프다. 그가 갈고 벗겨낸 건 오래된 젤이 아니라 안 그래도 얇아진 내 손톱이었을 것이다.

집에 돌아오는 길, 얼얼한 손톱을 문지르며 어릴 적 손톱에 봉숭아 물을 들이던 밤을 떠올렸다. 컬러를 맘대로 고를 수 있는 것도 아니고 그림을 그려 넣거나 스톤을 박을 수 있는 것도 아니었지만, 봉숭아 물을 들이는 밤마다 얼마나 설레었던가. 봉숭아 물을 들이는 건 단순히 손톱에 색을 입히는 것만은 아니었을 것이다. 꽃과 사랑을 나누는 일이고, 꽃의 과거를 훔쳐보며 내 안에 품는 일이었다. 꽃이 흘린 시큼한 피 냄새를 맡으며 밤새 열 손가락을 명주실로 칭칭 감고 자면, 손가락에 꽃이 피었다. 꽃이 흘린 피처럼 붉은 꽃이.

손톱이 자라며 붉게 물든 부분이 줄어가는 것이 어찌나 아쉽던지. 첫눈 올 때까지 붉게 물든 손톱이 남아있기를 얼마나 바랐던가. 첫사랑이 이뤄진다고 믿었거나 그걸 바랐기 때문은 아니었다. 그저 손톱에 핀 꽃이 지는 게 아쉬웠을 뿐이다.

봉숭아 물을 들이는 대신 네일숍에서 손톱에 수많은 색을 입힐 수 있게 되었지만, 손톱에 피는 꽃은 다시 볼 수 없다. 꽃과 사랑을 나누지 못해 손톱이 시름시름 앓으며 종잇장처럼 얇아지고 있는 건지 모른다.

사랑을 하는 건 분명 아프다. 하지만 사랑 없이 사는 건 봉숭아 물 대신 젤 네일을 올린 손톱처럼 점점 약해지고 얇아지는 일이다. 아픈 줄도 모르고 서서히 갈라지고 찢어진다. 첫사랑을 찾듯 봉숭아 꽃을 찾아 길을 나서야 할까. 하지만 마치 첫사랑이 어디서 어떻게 살고 있는지 모르듯, 봉숭아에 대해 아는 게 너무 없다. 아니 봉숭아를 찾는다 해도

다 부서진 손톱으로 다시 몸을 섞고 사랑을 할 수 있을까.

---

* '봉숭아 물들다 – 솔에게 2' 일부

질투, 시큼하고 씁쓸한

"프랑크는 지금 떠났다. A⋯는 자기 방에 들어갔다. 방안에 불이 켜 있지만 블라인드는 완전히 내려져 있다. 블라인드의 나무 살 사이로 여기저기 희미한 불빛이 새어 나올 뿐이다."

〈질투〉 - 알랭 로브그리예

*

원제인 〈La Jalousie〉는 프랑스어로 '질투' 또는 '블라인드'를 뜻한다.

겨우 얇은 소설책 한 권을 읽는데 며칠이 걸렸을 정도로 그냥 읽어 내려가자면 지루하기 짝이 없다. 자신의 모습을 절대 드러내지 않는 화자는 그저 블라인드 뒤에 숨어 그 틈새로 집안 곳곳을 살피고, 아내의 모습과 움직임을 치밀하게 묘사할 뿐이다. 온갖 기하학 정보마저 동원되어 지나치다 싶을 만큼 치밀하고 꼼꼼하게 묘사하고 있지만, 그래서 오히려 읽고 있는 내내 그 어떤 모습이나 공간도 떠오르지 않았다. 엄청나게 객관적으로 묘사하고 있는 듯 보이지만, 철저하게 화자 내면에서 일어나는 일일 뿐이기에….

　　이야기랄 것도 없는 스토리는 지루하다. 아프리카의 어느 농장에서 아내 A…와 살고 있는 화자. 그리고 가끔 와서 식사를 하고 이야기하는 이웃집 남자 프랑크. 그러다 프랑크와 A…가 차를 타고 시내로 내려 가 (차가 고장 났다는 이유로) 하룻밤 자고 온다.

　　이게 전부다.

　　하지만 A…의 자리에 내 아내나 내 남편, 내가 사랑하는 사람을 대입하고 읽는 순간, '지루하기 짝이 없던' 소설이 순식간에 '처절하게 잔혹하고 고통스러운' 글로 바뀐다.

며칠 전 남편이 출장으로 집을 비운 사이, 꿈속에서 남편을 보았다. 남편이 낯선 여자에게 입맞춤을 하는…. (아… 부끄럽게도 아직도 이런 유치한 꿈을 꾼다.) 꿈속에서였지만, 속이 부글부글 끓어오르며 가슴이 터질듯한 고통을 느꼈다. 그날 밤뿐 아니라 남편이 돌아올 때까지 며칠 밤 잠을 이루지 못했다.

질투.

시큼하고도 씁쓸한, 때론 지독히 아린 그 감정은
종종 사람을 죽일 만큼 강렬하게 사람을 몰아대는 그 감정은
사랑이 없다면 도저히 가질 수 없는 그 감정은
제삼자에게는 '지루하기 짝이 없는' 일일 수도.

A… 대신 꼭 아내나 남편, 애인의 이름을 넣어 읽을 것.

불이나 칼을 다루듯

"사랑은 둘 중 어느 방향으로도 갈 수 있는 위험한 열정
이다. 이성과 비이성은 종이 한 장 차이인 것이다."

〈위험한 열정 질투〉 - 데이비드 버스

*

'질투를 느끼지 않는다면 사랑하지도 않는 것'이라는 성
아우구스티누스의 말에 따르면, 사랑을 하면서 질투를 느끼
지 않기는 어렵다.

평생 '질투'를 별로 하지 않고 살아왔다고 생각했다. 겨

우 꿈속에서 남편이 입맞춤한 여자에게도 질투를 느꼈으면서, 그런 적 없다는 듯 대수롭지 않게 여기며 싹 잊고 만 것이다. 반대로 누군가가 질투로 인한 '모욕감' '불안' '두려움' '슬픔' '분노' 등을 표출하는 것을 볼 때면 무척 당혹스럽다. 심지어 머리가 하얘지고 만다.

스토킹을 당했던 경험이 아직도 불에 덴 상처처럼 화끈거리기 때문일까.

스토커는 그저 자신도 어쩔 수 없는 '위험한 열정'이었을 뿐이라고 변명하겠지만, 피해자는 평생 그 악몽에서 벗어날 수 없다. 이제는 오래되었으니 괜찮겠지 하다가도 문득 그 공포가 생생하게 느껴진다.

위험한 열정,
부디 조심히 다뤄주길
불이나 칼을 다루듯.

인생이 참…

"그 남자가 풍기는 냄새와 눈빛에 끌려서…"
"친구에게 복수하려고 그 애가 관심을 보인
남자애랑 잤어요."
"정복의 묘미라고나 할까요."
"섹스를 하고 나면 편두통이 사라져요."
"섹스를 통해 신과 합일하는 느낌을 얻을 수 있어요."
"정말 하고 싶은 일이 있는데 남편이 반대할 것 같으면
섹스를 해줘요."
"제 자신이 밉다는 생각을 떨치려고 섹스를 했어요."
"내가 사내 몇 명과 섹스를 한 건 그들이 불쌍하다고
생각해서였습니다."

…

〈여자가 섹스를 하는 237가지 이유〉 - 신디 메스턴, 데이비드 버스

*

237이라는 숫자에 혹해서 책을 사들었다.

237 가지라니.

인간은, 특히 여자는 결코 단순한 존재가 아니다.

섹스를 하는 많은 이유를 읽어나가는 동안 얼굴도 이름도 알 수 없는 한 사람 한 사람의 삶이 스쳐갔다. 사랑이나 쾌락, 기쁨 같은 이유 말고, 동정, 연민, 질투, 외로움, 자포자기나 자학 등의 어두운 동기에 특히 마음이 쓰였다. 생각보다 원치 않는 섹스를 하는 여자들이 많다는 사실에 가슴한 구석이 아렸다.

"서른 두 해가 지났지만 단 한 번이라도 내가 원해서 섹스한 경우를 떠올리기가 힘들다. 장기간 관계에서는 그냥했다.

(…)

나는 자주 섹스를 해주지 못해서 죄책감을 느꼈다.

(…)

인생이 참 얄궂다."

쾌락에 미쳐 헤픈 여자라고 손가락질받는 여자들 중 많은 이들이 기쁨 없이 섹스를 하고, 자신이 아닌 남을 위해 몸을 내어준다.

인생이 참….

어느 것이 더 나쁠까?

"그녀는 모든 것을 다 잃었지만 적어도 일생에 한번은
진정한 관계를 가질 수 있었던 것에 만족한다는
의미니까. 비록 그와의 관계는 끝이 났을지언정……"

〈거미 여인의 키스〉 - 마누엘 푸익

*

영화 〈해피 투게더〉의 원작이 된 〈부에노스아이레스 사
건〉의 작가,

마누엘 푸익.

〈거미 여인의 키스〉는 형무소에 반정부 활동으로 수감된 정치범 발렌틴과 미성년자 추행 혐의로 구속된 동성애자 몰리나가 나누는 대화로만 이뤄진 소설이다.

동성애 등 각종 금기와 억압, 그리고 혁명에 관한 소설이지만 처음부터 끝까지 '사랑'에 관한 소설로 읽혔다. 몰리나는 무료한 감방에서 영화 이야기를 들려주는데, 처음에는 몰리나를 경멸했던 발렌틴도 점점 이야기에 빠져든다. 사실 몰리나는 교도소 측에서 가석방을 미끼로 발렌틴의 배후를 캐도록 붙인 스파이지만, 발렌틴은 그 사실을 모른다. 가석방된 몰리나가 발렌틴이 부탁한 메시지를 전달하기 위해 반정부조직과 접촉하는 순간 경찰이 나타나자, 몰리나를 경찰의 앞잡이로 오인한 반정부 조직원에 의해 몰리나는 총에 맞는다. 경찰이 총에 맞은 몰리나에게 반정부조직과 연락한 전화번호를 말하면 치료해 주겠다고 하지만 몰리나는 거부하고 죽음을 맞이한다.

'그녀(사실은 남자지만 발렌틴 앞에서는 여성이었을 몰리나)는 모든 것을 다 잃었지만 적어도 일생에 한번은 진정한 관계를 가질 수 있었던 것에 만족' 했을 것이다.

가끔 스스로에게 묻는다. 어느 것이 더 나쁠까?

(동성애라는) 금기를 깨는 것과 사람을 마음으로 품어 사랑하지 않아 (두 번째로 중요한*) 계명을 깨는 것 중에….

대학 다닐 때 술에 취하면 키스하는 버릇이 있는 여학우에게 붙잡혀 엉겁결에 여자와 키스를 한 적이 있다. 내게 엄청난 경험을 선사한 당사자는 정작 기억도 못했고, 그 뒤로 어떤 연애 감정으로도 이어지지 않았다. 하지만 다른 어떤 키스와도 비교할 수 없이 부드러웠던 그때의 감촉만은 오랜 시간이 지난 지금도 또렷이 기억하고 있다. 그리고 그 작은 섞임의 경험이 손에 쥐고 있던 돌을 내려놓는 데 도움을 주었다.

발렌틴에게 몰리나 역시 한때는 경멸의 대상이었을 뿐이다.

---

* 성경에 의하면 하나님을 사랑하라는 것이 첫째 계명, 네 이웃을 네 자신 같이 사랑하라는 것이 둘째 계명 (마22:37-39)

탐욕스럽게 책을 읽어본 사람

"그 책은 단 한 사람에게 딱 하룻밤만 빌려줄 수 있다.
한 번이라도 탐욕스럽게 책을 읽는 행복을 맛본 이에게."

〈삼월은 붉은 구렁을〉 - 온다 리쿠

*

어제도 누군가에게 책을 빌려주면서 잠시 고민했다.
이 사람은 '한 번이라도 탐욕스럽게 책을 읽는 행복을 맛
본 이'일까?

책을 빌려주고 종종 돌려받지 못한다. 아니 솔직히 말하

면 돌려받지 못할 때가 더 많다. 비싼 것도 아니고 겨우 책 한두 권을 빨리 달라고 채근하는 것도 겸연쩍어 독촉 한 번 못하고 그렇게 책을 잃은 적이 많다.

왜 돌려주지 않는 걸까? 많이 고민해 봤는데, 아무리 봐도 이유는 단 하나. 아직 읽지 않았기 때문이다. 읽다가 읽히지 않아 덮어둔다. 그리고 몇 번 시도하다 미뤄둔다. 다 읽지 못했으니 돌려주지 못한다. 얼른 읽어야지 한두 번 마음먹겠지만, 그러다 잊는다.

겨우 책 한두 권이라고 말했지만, 빌려주는 입장에서는 여간 아까운 게 아니다. 차라리 새 책을 사서 준다면 덜 아깝겠지만, 내가 읽은 흔적이 남은 책을 돌려받지 못하면 여간 속상한 게 아니다. 생각할수록 속이 쓰리다. 돌려달라고 말은 또 못 하면서… (몇 번 뒤늦게 돌려달라고 말해봤지만, 그 자리에선 흔쾌히 금방 돌려주겠다고 하고는 어쩐 일인지 다들 돌려주지 않았다. 그런 몇 번의 경험이 트라우마가 되면서 점점 돌려달라는 말을 하기 힘들어졌다.)

제목부터 호기심 가는 이 소설은 '탐욕스럽게 책을 읽는 행복을 맛본 이'들이라면 누구나 좋아할 만하다.

'탐욕스럽게 책을 읽'어 본 사람이라면 빌려간 책을 돌려주지 않는 일따위는 없을 텐데. 앞으로 이 소설을 읽어본 사람에게만 책을 빌려줘야 할까. 절대 빌려주지 않겠다고 결심하는 편이 낫겠지.

인스타그램에서 절대 찾을 수 없는 것

"아름다움은 고통의 반대색이다.
고통 앞에서 정신은 아름다움을 상상한다."

〈고통 없는 사회〉 - 한병철

*

행복을 뺄셈으로 생각하는 사람들이 있다. 고통을 주는 요소들을 하나씩 제거해 가면 행복에 이를 수 있다는 식으로. 정말 고통을 다 제거하면 행복해질까.

언제부턴가 '인스타그래머블(Instagrammable)'이라는 단어가 자주 쓰인다. 인스타그램에 올릴 만한, 인스타그램에 올릴 만큼 예쁜 사진으로 찍기 적당한 등의 뜻으로, 마케팅의 주요한 키워드가 되었다.

인스타그램에 올라온 사진들을 보면 세상에 고통이 사라진 듯 보인다. 남이 올린 사진뿐 아니라 내가 올린 사진도 마찬가지다. 대부분은 읽은 책의 표지 사진을 올리지만, 여행 중에는 풍광 사진이나 음식 사진을 올리기도 했다. 체감온도가 40도가 넘는 땡볕에서 땀을 비 오듯 흘리며 찍은 하늘은 더 할 수 없이 '인스타그래머블' 하다. 여행 중 숙소 창문으로 찍은 아침놀 사진은 기가 막히지만, 막힌 변기를 뚫느라 고생하는 장면은 보이지 않는다. 핑크 색 가짜 벚나무와 그네를 탈 수 있는 숙소의 거실 사진은 환상적이었지만, 커피 한 잔 끓여 마실 수 없을 만큼 더러운 주방이나 끊임없이 쏟아져 나오는 개미는 보이지 않는다. 삶에서 모든 고통은 깨끗이 제거되어야 하니까. 그래야 '인스타그래머블'해지니까.

인스타그램에서 그 여행은 고통이나 고생 하나 없는 완벽한 여행이었다. 하지만 단 하루도 크고 작은 고통 없이 지나간 날은 없었다. 모든 삶이 그렇듯이. 그리고 여행 전체를 회고할 때, 그 고통의 요소들이 싫었냐고 하면 절대 아니다. 어쩌면 티 없이 맑은 하늘과 눈부시게 아름다운 바다를 볼 때보다, 약도 없이 지독한 감기로 누워 있을 때나 낯선 이의 위협을 받고 두려워했을 때, 날 선 말을 주고받으며 상처 받았을 때 나는 더 살아있음을 느꼈을 것이다. 그리고 그 아픔의 순간이 기억에 아름다운 무늬를 새겨 넣고, 삶에 '의미'를 더해 주었다.

저자는 고통과 죽음을 몰아내려 할수록 '좋은 삶'에 관한 감각을 상실하게 되고, 고통을 걷어낸 만성 마취 상태에 빠지게 되면 살아 있으나 '삶'은 없는 '좀비'와 다를 바 없다고 말한다. 고통을 몰아내려는 사회에서 그나마 글을 쓰는 덕분에 고통을 마냥 피하지는 않게 되었다. '지속적인 무의미함'이나 '지루함'보다는 '고통'을 택하려고 한다.

요즘 충분히 행복하지 않거나
좋은 글이 나오지 않는다면,

어쩌면 '고통'이 많아서가 아니라
오히려 부족해서일지도.

colour 5.

BLUE

자유, 발견, 거리두기, 신뢰, 지혜로움, 평화, 평온, 능동적,
조용함, 차분함, 차가움, 질서, 깊이

이제 야생마를 길들여야 할 때

"그녀는 산만했다. 그것이 그녀의 고질적인 문제,
동시에 이수영을 들끓게 만드는 매력이었다."*

〈호텔 창문〉 - 편혜영

*

책을 읽은 후 밑줄 그은 문장을 찾아 기록하고 있었다.
하지만 한 문장을 다 적기도 전에 위챗**창에서 누군가 해
온 질문에 답을 하고 이모티콘을 날린다. 또 1,2 분이 채 지
나지 않아 커피포트에 물을 담아 버튼을 누른다. 다시 책상
에 돌아와 쓰던 문장을 이어 쓴다. 잠시 후 커피포트에 올려

놓았던 물이 생각나 가 보니 물이 조금 식었다. 미지근한 물로 차를 우린 후 찻잔을 들고 책상으로 돌아와 다음 문장을 이어 쓴다. 문장이 채 끝나기 전에 갑자기 주문해야 할 아이 신발이 생각났다. 아침에 꼭 끼는 운동화를 신고 나가느라 절룩거리던 아이가 떠오른 것이다. 스마트 폰에서 타오바오***창을 열고 운동화를 검색한다. 신발장으로 달려가 아이 신발 사이즈를 확인한다. 신발을 장바구니에 담아 놓은 후, 채 끝내지 못한 문장이 눈에 띄어 다시 노트북 위에서 손을 놀린다. 다음 밑줄 그은 문장을 찾으려 책 페이지를 넘기다 시간을 보고 다시 주방으로 간다. 저녁 준비를 해야 한다. 다시 책상에 돌아왔을 때는 한 모금밖에 마시지 못한 차가 이미 차갑게 식어 있다. 잘 담아두고 싶어 밑줄을 그었던 문장은 결국 흔적도 없이 사라진다. 채 기록되기도 전에 종종 다른 일로 방해를 받기 때문이다. 아, 그러고 보니 신발 산다며 결제도 마치지 않았다.

반복과 지루함을 못 견디고 끊임없이 새로운 걸 하고 싶은 욕심이 나를 산만하게 만들었다. 한 우물을 진득하게 파지 못하고, 늘 새 우물을 넘봤다. 그나마 몇 년 다녔던 직장은 모두 새로운 일을 공급받을 수 있던 곳이다. 방송국에서는 팀마다 새로운 프로그램에 캐스팅되었다. 라디오 클래

식 프로그램의 디제이를 하다 예능 프로그램의 MC가 되고, 뉴스 앵커가 되기도 하고. 컨설팅 회사에서는 몇 주나 몇 달 단위로 새로운 프로젝트에 스태핑 되었다. 보험과 증권 산업에서 물류나 식품 등으로 산업을 수시로 바꾸었다.

한 우물을 파지 못하던 내가 10년 넘게 글을 쓰고 있다. 이제는 좀 끈기 있게 한 가지를 하나 싶었는데, 다른 문제가 생겼다. 내 글이 나를 닮아 산만하다는 것이다. 초고를 쓸 때는 신나지만, 초고를 일관성 있게 다듬는 퇴고의 과정이 산만한 인간에게는 무척 고통스럽다.

이수영을 예술의 세계로 이끌었던 건 '산만한 그녀'였다. 야생마 같은 에너지와 호기심, 창의력은 분명 글을 쓰는 원동력이 된다. 하지만 '산만한 그녀'는 결국 '예술가'가 아닌 '예술가의 보헤미안 친구' 밖에는 될 수 없었다.

야생마를 쫓아 여기까지 왔으니,
이제 야생마 위에 올라타고 길들여야 할 때.
이랴!

---

* 김사과 단편 '예술가와 그의 보헤미안 친구' 중
** 위챗(wechat) - 중국의 모바일 메신저
*** 타오바오(淘宝) - 중국의 온라인 쇼핑몰

경계를 넘을까, 지킬까

"과감하게 경계를 넘어서 본 사람은 안다.
세상의 끝은 낭떠러지가 아니란 걸…."

〈월경독서〉 목수정

*

월경(越境).

국경을 넘고, 경계를 넘고.

처음 경계에 부딪쳤을 때는 몹시 두렵다.
망설이고 주저한다.

많은 순간 돌아선다.

하지만 "과감하게 경계를 넘어서 본 사람은 안다. 세상의 끝은 낭떠러지가 아니란 걸….."

중국(홍콩), 일본, 필리핀, 인도네시아, 말레이시아, 캄보디아, 싱가포르, 태국, 베트남, 미얀마, 독일, 프랑스, 웨일스, 헝가리, 체코, 네덜란드, 벨기에, 루마니아, 불가리아, 스페인, 터키, 그리스, 오스트리아, 크로아티아, 핀란드, 러시아, 미국(푸에르토리코), 캐나다, 멕시코… 수많은 국경을 넘었다.

심리학, 방송, 비즈니스에서 육아와 살림 그리고 글쓰기 등 여러 영역의 경계를 훌쩍 넘기도 했다.

달콤하게 유혹하는 경계를 수없이 넘어 보았다. 반짝이게 빛나거나 핏물 드는 그런 아슬아슬한 경계를 슬쩍슬쩍 넘어 보기도 했다.

분명 '세상의 끝은 낭떠러지가 아니'다.

경계를 두려워하는 건 삶을 묶어 두는 구속이 될 수 있다.

하지만

경계를 우습게 아는 것도

경계를 오롯이 지키지 못하는 것도

삶을 한순간에 망가뜨리고 어느 순간 자신을 잃게 만드
는 덫이 될 수 있지 않을까.

한 번 틀렸다고 해서 끝장이 나는 것도 아니고

"인생이란 결코 하나의 상징이 아니며, 수수께끼 놀이에서 한 번 틀렸다고 해서 끝장이 나는 것도 아니고, 인생은 하나의 얼굴로만 사는 것도 아니며. 주사위를 한 번 던져서 원하는 눈이 나오지 않았다 해도 체념할 필요는 없다는 것을 그는 이미 깨닫기 시작했다."

〈프랑스 중위의 여자〉 - 존 파울즈

*

프랑스 중위의 여자.

좀 더 정확한 뉘앙스를 표현하자면 프랑스 중위와 놀아

나다 버림받은 여자.

자신의 표현대로 하면 프랑스 중위의 창녀,

사라.

소설가는 '이건 소설이니까' 하며 선택의 기로에 선 주인공의 선택에 따라 세 가지 다른 결말을 보여 준다.

하지만 소설가가 예언한 대로, 당연히 마지막 장에 쓰인 결말을 진짜 결말로 인식했다.

실제 있지도 않은 일(삽입으로서의 성행위)로, 프랑스 중위의 창녀라고 손가락질받고 수치와 모욕의 대상이 되다가, 약혼자가 있는 찰스와의 단 하룻밤의 정사로 혼자 딸아이를 키우며 살아가야 하는 사라.

준남작의 작위도, 거부 상속녀와의 결혼도, 자신의 명예도 모두 잃고 이 나라 저 나라를 정처 없이 떠돌며 살아가게 된 찰스. 심지어 찰스는 이 모든 것의 원인이었던 사라를 얻지 못하고 사라와의 사이에서 난 딸의 존재도 모르고 살아간다.

둘 다 불행한 선택을 한 걸까?

시간을 돌려 바꾸고 싶다고 생각하는 인생의 중요한 선

택이 있다.

하지만 나는 안다.

실제로 시간을 돌려 돌아간대도 같은 선택을 하게 될 거라는 걸….

그 선택이 삶을 비극으로 몰아간대도, 수치나 모욕으로 몰아간대도, 가지고 있던 모든 것을 앗아간대도 역시 그 선택이 가장 나 다운 선택일 테니까.

세상적으로는 많은 것을 잃은 듯, 비극의 주인공으로 보일지 모른다. 하지만 결국 가장 나다운 선택이 가장 나다운 삶을 만든 게 아닐까.

다행히도 소설은 인용된 문장으로 끝난다.

"자신의 존엄성을 인식하게 된 인간은
결코 현혹되지 않는다."

〈존엄하게 산다는 것〉 - 게랄트 휘터

*

저자가 이 책을 써야겠다고 결심하게 된 건 강연 경험 때
문이었다.

자신이 타인에게 수단으로 여겨지고 반대로 타인을 자
신의 전략이나 평가의 대상으로 여기는 것이 왜 문제인지를

설명하는 강연이었다. 저자는 우리 모두가 매일 존엄하지 않은 행동을 하고, 공동체 안에서도 스스로의 존엄함을 무너뜨리면서도 인식도 못하고 있다는 사실을 지적했다. 그때 무거운 침묵이 이어지다 갑자기 뜨거운 박수갈채로 이어졌다.

청중 대부분이 일상을 살면서 자신의 행동이 존엄하지 않음을 느낄 때가 많았을 것이다. 그동안 외면하고 있었지만 숨겨 놓았던 인식의 일부를 대면하게 되어 아팠겠지만, 동시에 깨달음을 기뻐한 것이다. 뜨겁게 손뼉 치는 청중을 보면서 저자는 그동안 외면해 왔다고 해도 스스로의 존엄을 인식하고 있는 사람이 생각보다 훨씬 많다는 확신을 하게 되었다.

비슷한 경험을 한 적이 있다. '직장에서의 대화법'을 강연할 때였는데, 핵심을 '존엄'에 두고 이야기를 풀어갔다. 스스로의 존엄을 지키려고 애쓰는 고양이가 등장하는 짧은 동화를 소개하는데, 눈물을 흘리는 이들이 여럿 보였다.

삶 속에서 상대를 이용하기도 하고, 자신이 수단으로 이용당하기도 하고. 우리는 수많은 상황에서 모멸하고 모멸당하며 살고 있다. 의식하지 못했다 해도 내면에 '존엄'에 대한 인식이 강하게 자리 잡고 있다는 걸 그때 알았다. 자신의 행동과 인식 사이에 생기는 모순 때문에 느끼는 동요가 몹시 소중하다는 것도.

"존엄한 인생이 무엇인지 아는 사람은, 더 이상 존엄하지 않은 인생을 살 수 없기 때문이다."

길을 헤맬 때 나침반을 신뢰하듯 자신의 존엄을 확신한다면, 남과의 비교를 통해 자기 가치를 확인하려 애쓰지 않게 되고, 남의 존엄을 해치는 일도 함부로 하지 않을 것이다. 더 이상은 자신의 존엄을 해치는 일을 하고 싶지 않을 테니까. 사실 내 존엄은 나를 함부로 대하는 타인에 의해서만 다치는 것은 아니다. 오히려 내가 스스로를 함부로 할 때 상처를 더 입는다.

모멸의 시대,
우리가 의지할 나침반은 정북이 아니라
자신의 '존엄'을 가리킨다.

하다못해 문지방이라도 넘어

"그래, 생각하면 생각할수록 만사는 그 자체로 놔둬야 한다는 생각이 들어. 일들이 일어나는 대로, 흘러가는 대로 놔둬야 하지. 왜냐하면 만사는 자신이 원하는 대로 흘러가는 것이니까. 거의 항상 그래."

〈창문 넘어 도망친 100세 노인〉 - 요나스 요나손

*

마흔 이후, 마음이 갑자기 폭삭 늙어버린 듯했다. 그럴 필요가 전혀 없다는 걸 머리로는 알면서도 뜻대로 되지 않았다.

그때가 아니면 할 수 없는 일도 있다. 예를 들어 아나운서 공채 시험은 나이 제한이 있다. 그런 예외적인 경우를 빼고는 마흔이라 해서 시도하지 못할 일은 없다. 아니 아나운서 공채는 어렵다 해도, 유튜브나 인스타그램 등 다른 채널을 통해 얼마든지 방송을 해볼 수 있다. 예전보다 훨씬 다양한 도전이 가능해진 시대인데, 왜 인생 다 산 노인처럼 모든 걸 접었을까.

빨리 뭔가를 이뤄야 한다는 조바심이나 초조함이 도움이 되지 않는 건 분명하다. 하지만 반대로 아무런 도전도 시작도 없이 그냥 시간만 흘려보내는 건 괜찮은 걸까?

알란은 100세 생일 파티를 몇 분 남기고 양로원 창문을 뛰어넘어 도망했다. 그리고 예기치 못한 흥미진진한 이들과 사건을 만난다. 알란이 마흔 무렵일 때, 그의 삶에서 흥미진진한 일은 1/3도 채 일어나지 았았다. 요나손 역시 첫 작품인 이 책을 48살에 썼다. 마흔은 마음을 접어 버리기에는 너무 이른 나이였다.

두려움이 없다는 건 가치를 따질 수 없는 자산이다.
하다 못해 1층 방 창문이라도 뛰어넘어,

아니 창문은 좀 위험하니 문지방이라도 넘어 저 너머로 가 볼까.

딱 한 권만!

"냉장고 문을 닫는 순간 몇 시간 후 시원한 술을 마실 수 있는 가능성이 열리듯이, 신나서 술잔에 술을 따르는 순간 다음 날 숙취로 머리가 지끈지끈할 가능성이 열리듯이, 문을 닫으면 저편 어딘가의 다른 문이 항상 열린다. 완전히 '닫는다'는 인생에 잘 없다. 그런 점에서 홍콩을 닫고 술친구를 열어젖힌 나의 선택은 내 생애 최고로 술꾼다운 선택이었다. 그 선택은 당장 눈앞의 즐거운 저녁을 위해 기꺼이 내일의 숙취를 선택하는 것과도 닮았다. 삶은 선택의 총합이기도 하지만 하지 않은 선택의 총합이기도 하니까. 가지 않은 미래가 모여 만들어진 현재가 나는 마음에 드니까."

〈아무튼, 술〉 - 김혼비

*

"딱 한 잔만!"
하루도 그냥 넘기지 못하고 술을 마시는 술꾼처럼,
"딱 한 권만!"
하루도 그냥 넘기지 못하고 책을 읽고 말았다.

원고 마감이 얼마 남지 않아 쓰고 고쳐야 할 원고가 산
더미 같은데, 이럴 때일수록 더 읽고만 싶어지는 도피 심리.
'이 책은 얇으니까 괜찮아'하며 읽기 시작했다.

책을 들고 정신 나간 사람처럼 낄낄거리며 웃기를 몇 번
이나 했는지. 기절할 듯 웃다가 눈물을 찔끔 짜내다 다시 웃
기를 반복하던 나. 누가 봤다면 영락없이 술 취한 사람 같았
으리라.

몇 년 전부터 술을 거의 안 마시고 잘 못 마시는 사람이
되었지만, 한 때는 밥 대신 술을 마시던 때도 있었다. 얇은
책 한 권으로 수많은 기억과 교차하며, 술로 인한 기쁨과 슬
픔에 흠뻑 젖어버리고 말았다.

"딱 한 잔만!"이라는 말이나 "딱 한 권만!"이라는 말이나.
그 말 뒤에 숨겨진 진심은 이미 잘 알지 않나.

가지 않은 미래가 모여 만들어진 현재가
나도 마음에 든다.

"딱 한 권만!"

세상에서 제일 쓸데없는 것

"그 여자에게 어떻게 그런 고통을 줄 수 있어요? 흥정을 했어야죠. 그 책은 그녀의 것이었어요. 그런데 돈이 필요해서 자기 소유물과 헤어져야 한 거예요. 그 여자에게는 작별을 끌고 늦출 권리가 있었다고요. 그렇게 빨리 흥정을 끝내다니, 당신은 그녀를 모욕한 거예요.

(…)

흥정이 가격뿐 아니라 생동감, 교제 및 대화와 관계가 있다는 것을 스위스 사람인 내가 어찌 알았으랴."

〈나는 시간이 아주 많은 어른이 되고 싶었다〉 – 페터 빅셀

*

아마 초등학교 시절이었을 것이다. 페터 빅셀의 〈책상은 책상이다〉를 읽고 충격을 받았던 건. 상당히 고지식하고 딱딱한 세계관을 형성해 가던 나는 그 책 덕분에 책상을 꼭 책상이라고 불러야 하는가, 질문하며 세상을 조금 다르게 볼 수 있게 되었다.

요즘 나는 어떤 의미에서 '시간이 아주 많다.' 하지만 어떤 의미에서는 '너무 바쁘고 분주하며 늘 시간이 없어 쫓기듯 살아간다.' 세상이 한 목소리로 외치는 '효율'을 좇다 보니 목적 없어 보이는 삶이나 효율성과 거리가 없어 보이는 삶을 잘 견디지 못하게 된 것이다.

언젠가 "세상에서 제일 쓸데없는 게 꽃이랑 음악이다"라고 말하는 이를 본 적 있다. 한편으로는 맞는 말이다. 꽃이나 음악이 없다고 당장 생존에 위협이 되는 건 아니니까. 하지만 쓸모없어 보이는 꽃 한 송이가 생명을 더 단단하게 해주기도 한다는 걸 모르고 한 말이다. 땅에 핀 제비꽃 한 송이를 보고 감동하는 감수성 예민한 사람들이 아우슈비츠 같은 끔찍한 수용소에서 더 잘 살아남았다는 기록*을 본 적 있다. 그들이 체질상 별로 튼튼하지 못했음에도 건장한 체구를 타고난 죄수들보다 수용소 생활에서 더 잘 살아남을 수 있었던 건 끔찍한 환경으로부터 내면적 풍요와 정신적 자유가 있는 삶으로 도망칠 수 있었기 때문일 것이다.

행복은 어쩌면 이런 쓸모없는 것들에,
무용한 것들에 있는 게 아닐까.
효율이나 경제적 가치와는 관계없지만, 순수하게 삶의 기쁨을 위해 누리는 소소한 것들이
결국 우리를 좀 더 사람답게 살게 하는 건 아닐까.

이젠 정말 '시간이 아주 많은' 어른이 되고 싶다.
시간에 '눌리지' 않고 시간을 '누릴' 수 있는 어른이…

---

* 빅터 E. 프랭클의 〈죽음의 수용소에서〉에 나오는 내용 중

좋든 싫든 정체성을 규정하는 관계들

"어떤 색깔은 식별하지 못하는 동물처럼 우다얀은 자기 통제라는 것을 알지 못했다. 그러나 수바시는 나무껍질이나 풀잎과 분간하기 어려운 어떤 동물들처럼 자신의 존재감을 최소화하려고 애썼다. 서로 이렇게 달랐지만 사람들은 끊임없이 둘을 구별하지 못하고 헷갈렸다."

〈저지대〉 – 줌파 라이히

*

큰 아이는 아기 때 엄지손가락을 빨고, 작은 아이는 집게 손가락을 빨았다. 큰 아이는 사과 주스를, 작은 아이는 포도 주스를 좋아하고, 큰 아이는 책 읽는 걸 좋아하고, 작은 아이는 글자라면 질색을 했다. 큰 아이는 운동신경이 좋지 않은 데도 겁 없이 몸을 과격하게 움직이고, 작은 아이는 날렵한데도 늘 조심에 또 조심을 한다. 큰 아이는 한 가지를 잘할 때까지 무한 반복하고, 작은 아이는 잠깐 집중하려고 하면 벌써 지겨워진다. 겨우 13개월 차이인 두 아들의 차이점을 열거하려면 밤을 새도 모자랄 만큼 서로 양극처럼 "달랐지만, 사람들은 끊임없이 둘을 구별하지 못하고 헷갈렸다."

이런 두 아들을 둔 엄마이기에 우다얀과 수바시 형제의 이야기가 좀 더 특별하게 읽혔는지 모른다.

하루 종일 붙어 있는 형제는 자주 싸우긴 해도, 서로가 없이는 잠시도 견디지 못할 만큼 관계가 깊고 끈끈하다. 그런 형제의 엄마로서 가끔 괴이한 상상을 하며 걱정하기도 한다. 늘 하나처럼 다니던 형제가 혹시라도 같은 여자를 사랑하게 되면 어쩌나?

차라리 형제가 한 여자를 사랑해 티격태격하는 삼각관계 이야기라면 가슴이 이리 무겁지는 않았을까. 살해당한 '동생을 대신'해 동생의 아내와 결혼하고, '동생의 아이를 키우고 '동생의 자리를 대신'하는 '어느 면에서는 그릇된 일로 여겨졌고 다른 한편으로는 운명적인 일로 생각'된 일을 행하는 형 수바시. '아내에서 과부로, 제수에서 아내로, 엄마에서 자식 없는 여자로 바뀌어' 간 가우리.

적은 분량은 아니지만 그래도 한 권의 장편 소설일 뿐인데 읽고 나니 마치 수십 권짜리 대하소설을 읽은 기분이었다. 저지대에 고여 있는 물처럼, 내 몸속의 피도 한동안 흐르지 않고 고여 있는 듯. 장기에 물이 차는 느낌을 떨칠 수 없었다.

나는 나,
그냥 나이면 좋은데
좋든 싫든 내 정체성을 규정하는 관계들.

멀리 유학을 떠나기도 하고, 외국에 정착해 살기도 하고 (수바시)
심지어 자식마저 버리고 떠나기도 하고 (가우리),
철저히 외면해 버리고 살아가기도 하지만 (벨라)…

그 모든 관계를 다 발라내고 나면 오롯이 남게 될

'나'라는 건 또 뭘까.

   '어떤 생물은 건기를 견뎌낼 수 있는 알을 낳'기도 하고, '또 어떤 생물은 진흙땅에 몸을 묻고 죽은 체 지내면서 우기가 돌아오기를 기다'리기도 한다. 저마다의 방법으로 우리는 그렇게 살아간다.

사랑, 정확하게 말하는 것

"죽을 각오로 사랑하자는 건 절대 아니고요. 내가 사랑하더라도 감상에 빠지거나 약해지지 않겠다는 다짐을 스스로 하는 것이기도 합니다. 사람은 실수하고 잘못을 저지르고 나쁜 생각을 하는데 사랑한다고 다르지 않거든요. 그걸 사랑으로 이해하거나 덮지 않겠다는 뜻이에요. 사랑하기 때문에 더 엄격해지는 것. 정확하게 말하는 것. 약속을 지키는 것. 잘못을 인정하는 것. 그런 것들을 생각합니다." (유진목)

〈시인, 목소리〉 - 김소형 외

*

〈산책과 연애〉〈거짓의 조금〉을 읽으며 유진목 시인에게 관심을 갖게 되었다. 이렇게 말해도 되나 싶은 솔직함, 눈앞에 펼쳐지는 정확한 장면, 소설보다 탄탄한 서사.

이 책은 '편집자 되기' 수업에 참여한 예비 편집자들이 6명의 시인을 인터뷰해서 출간한 책이다. 같은 질문이라도 6명의 시인이 그 질문을 어떻게 해석하고 답을 내놓는지 보는 일은 흥미로웠다. 한 시인 한 시인의 답을 꼼꼼히 읽었지만, 유진목 시인의 답에 더 눈길이 가는 건 어쩔 수 없었다.

사랑과 희생의 말은 넘쳐남에도 사랑은 여전히 부족하고 불행은 넘치는 시대. 사랑하기 때문에 더 엄격하고 정확해지는 것이 얼마나 중요한지, 그럼에도 그게 또 어찌나 어려운지 생각해 보게 된다.

아내는 남편 때문에 원치 않음에도 여기로 왔고,
아이는 부모 때문에 원치 않음에도 여기서 살았고,
남편은 아이 때문에 원치 않음에도 여기 남았다면
도대체 이 가족은 왜 여기 있는 걸까.
사랑하기 때문에 모두 원치 않는 일을 하고 있다면, 그건
정말 사랑일까.

"사랑하기 때문에 더 엄격해지는 것.
정확하게 말하는 것."

　사랑 때문에 희생하는 척하지만, 실은 그걸 핑계로 내 욕망을 충족시키고 있음을 정확하게 인정하자. 사랑하는 이의 허물을 덮는다면서 드러내고 싶지 않은 내 욕심까지 함께 덮고 있지는 않은지, 정확하게 돌아보자.

　말도 안 돼,
　하고 당장 반발하고 싶은 너무도 따끔한 소리!

라면의 정의

"그 무엇의 라면이 아닌 라면"

〈지금 물 올리러 갑니다〉 - 윤이나

*

"세계라면협회(WINA)의 최근 자료에 따르면 우리나라 1인당 라면 소비량은 연간 75.1개."

이 통계가 정확하다면 우리 집 식구들의 라면 소비량은 평균에 한참 모자란다. 자주 먹는 음식이 아니기에 라면에는 늘 '특별함'이라는 반짝임이 덧입혀진다.

어릴 적 우리 집은 일주일에 딱 한 번 라면을 먹을 수 있었다. 세 자매는 일주일 내내 그날만을 (일요일 아침으로 기억하는데) 손꼽아 기다리곤 했다. '호로록' 면발을 빨아들이는 상상을 하면서. 라면은 곧 '특식'이었던 셈이다. 그러다 갑자기 '공업용 우지 파동'이 일어나면서 라면이 식탁에서 완전히 사라졌다. '특식'으로 불리던 라면이 한순간 '먹을 수 없는 것'으로 정의된 것이다.

두 아이가 유치원 다니던 때부터 여름이면 한 달씩 셋이 여행을 떠났다. 여행 짐을 쌀 때 꼭 챙겨 넣는 건 봉지 라면 다섯 개짜리 한 팩. 아이들에게 라면은 여행 때만 먹을 수 있는 특별한 음식이다. 어떤 일이 기다리고 있을지 알 수 없는 미지의 여행길에서 다른 식량을 구하기 어려울 때만 꺼내먹을 수 있는 비상식량. 다섯 봉지뿐이니 한 달 여행 중 딱 두 번 정도 먹을 수 있는.

라면은 사실 특별할 게 없다. 싸고 흔하기까지 하다. 하지만 우리 모두에게는 라면을 제 맘대로 정의할 자유가 있다. 저자처럼 심지어 계란조차 넣지 않는 '그 무엇의 라면이 아닌 라면' 그대로를 좋아하지만, 나의 라면과 저자의 라면, 아니 그 누구의 라면도 같을 수는 없다.

'특식'에서 '먹을 수 없는 것'을 거쳐 이제는 '여행의 동반자'가 된 라면. 예기치 못한 어려움이 닥치고, 몹시 고단한 여행길이라 해도 그 핑계로 라면을 먹을 수 있다면 그런대로 괜찮다. 라면 하나 끓일 힘이 남아 있다면, 역시 그런대로 괜찮다.

팬데믹이 길어지며 물리적으로 여행을 떠나는 게 점점 어려워지고 있다. 여행을 떠날 수 없을 때도 라면 물을 올리면 어쩐지 여행이 계속될 것 같다. 라면은 내게 아직은 '여행'이니까.

colour 6.

Purple

무의식, 관능, 독창성, 예술, 판타지, 신비, 직관, 통찰, 예민함,
감수성, 고해성사, 고귀함, 고독, 영혼, 대립의 혼합

혀는 틀리지 않는다

"그녀는 그가 왜 좋은지 모른다.

(…)

그녀가 유일하게 믿는 건 혀다. 혀가 짓는

말이 아니라 혀가 맡는 냄새다."

〈아주 사소한 중독〉 - 함정임

*

여자들은 종종 키스를 한 후,

이 남자를 더 만날 지 그만 만날 지 결정하기도 한다.

그 어떤 것보다 자신의 혀만은 무시하지 않는 그녀는
감각에 의존하는 사람일까,
직관에 의존하는 사람일까.

그녀는 '너무 일찍 보아서는 안 될 생의 이면을 보았거
나,
내려가서는 안 될 허무의 심연에 발을 헛디딘 경우'라,
그녀의 혀가 맡는 냄새가 곧 변연계 자극이라도 되는 것
처럼 혀끝이 생리적으로 생존을 위한 반응을 하는지도.

혀끝이 공포나 구속의 냄새를 맡거나 불쾌를 느꼈다면,
그냥 그런 것이다.

설마… 하고 망설이다가는
낭패를 당한다.
최소한 내 경험으로는….

"그녀는 점이나 미신 따위는 믿지 않지만 자신의 혀만은
무시한 적이 없다.
그것은 거의 틀리지 않는다."

어쩐지 냄새가 났어

"미소는 거짓일 수 있다. 말투도 연기일 수 있다. 하지만
냄새, 즉 후각 신호만큼은 의도적으로 바꿀 수 없다."

〈냄새의 심리학〉 - 베티나 파우제

*

누구에게나 '프루스트식 순간'이 있다. 어떤 냄새를 맡는
순간 과거 어느 때의 기억이 되살아난다든지 하는. 내게는
향긋한 쑥 냄새가 나를 어린 시절로 데려가곤 한다. 쑥과 들
깨가루를 넣고 끓이는 엄마만의 쑥국을 떠올리면 따스한 봄
기운 같은 엄마의 사랑을 느낀다. 그런가 하면 맡기만 해도

기분이 좋아지는 냄새가 있다. 향긋한 계피 향이나 누군가는 질겁을 하고 싫어할 두리안 냄새가 그렇다. 남편과 몇 달씩 떨어져 있어야 할 때, 그가 남기고 간 옷에 얼굴을 묻고 체취를 맡으며 그리움을 달랠 때가 있는 걸 보면, 냄새는 삶에서 감정을 일으키는 강력한 매개임이 분명하다.

하지만 문제는 대부분의 냄새를 우리가 잘 인식하지 못한다는 것이다. 약 1,000개에 달하는 후각 수용체가 약 1조 개의 냄새를 구분할 수 있다는 사실을 책에서 읽고 놀랐다. 실제로 인지하고 구분할 수 있는 냄새의 개수가 얼마 되지 않기 때문이다. 딸기 향, 파인애플 향, 장미 향 등 구분이 쉬운 몇 개의 냄새만 맡고 있는 게 아니었다. 인지하지 못할 뿐이지, 우리는 사랑이나 공포 같은 감정이나 다가오는 불운 같은 것도 냄새로 맡고 있던 것이다. 눈치 채지 못하고, 말로 설명할 수 없다고 '없는' 게 아니었다.

논리나 이성보다는 직관에 의해 판단을 하는 편이다. 그러다 보니 생각 없는 사람처럼 보이기도 한다. 그도 그럴 것이 직관에 의한 결정은 왜 그런지 이유를 설명하기가 쉽지 않기 때문이다. '그냥 그래' 할 뿐. 직관에 의한 판단이 꽤 정확한 편이지만, 그럼에도 늘 설명할 수 없다는 데서 오는 열

등감 같은 걸 갖고 있었다. 그런데 많은 과학적 연구들이 '말로 설명할 수는 없지만 어떤 느낌'에 의해 결정하는 데 다 이유가 있다는 사실을 점점 밝혀주고 있다. 이제 고개를 들고 다닐 수 있겠다. 아무 생각 없이 내린 판단이 아니라, 사실 수많은 냄새 데이터를 분석하고 내린 합리적 결론이었다고!

인지할 수 있는 다른 감각 정보들이 나를 속이려 할 때도 냄새를 의도적으로 바꿀 수는 없다. 냄새는 거짓말을 하지 않는다. 그래서 아무런 근거를 댈 수는 없어도 직관에 의한 판단이 종종 더 정확할 수 있던 모양이다.

후각 연구 덕분에 어깨가 펴진 나는 아무쪼록 이 분야의 연구가 더 활발히 진행되기를 소망한다. 직감에 의지해 사는 나 같은 사람들이 더 기를 펼 수 있도록.

'생각'보다 앞서는 '몸'의 감각

"부르주아로 자란 유럽인은 자칭 공산주의자일지라도 몹시 애쓰지 않는 한 노동자를 동등한 사람으로 여길 수 없는 진짜 이유. (…) "아랫것들은 냄새가 나." (…) 어떤 호감도 혐오감도 '몸'으로 느끼는 것만큼 근본적일 수는 없다. 인종적 혐오, 종교적 적개심, 교육이나 기질이나 지성의 차이, 심지어 도덕률의 차이도 극복할 수 있다. 하지만 신체적인 반감은 극복 불능이다. 살인자나 남색자에겐 호감을 느낄 수 있다. 하지만 입 냄새가 지독한 (상습적으로 그렇다는 뜻이다) 사람에겐 호감을 가질 수가 없다. (…) 이른 아침의 목욕이 출신이나 재산이나 교육보다 더 효과적으로 계급을 가르는 것이다."

〈위건 부두로 가는 길〉 - 조지 오웰

*

10여 년 전, 무더운 여름날 중국 어느 도시. 누구에게도 몸을 대지 않고 자기 공간을 확보하는 일이 불가능할 정도로 지하철 안은 만원이었다. 사람들이 뿜어대는 열기와 땀 냄새, 감은 지 오래된 머리 냄새, 발 냄새 등 온갖 종류의 고린내가 솔솔 올라와 도저히 숨을 쉴 수 없었다. 손수건을 슬쩍 꺼내 코와 입을 덮어 가리던 '여자'의 얼굴은 저도 모르게 일그러졌다.

그 여행 중에 프러포즈를 계획했던 '남자'는 찡그린 채 코를 가린 '여자'의 얼굴을 본 후, 여행이 끝나도록 끝내 프러포즈를 하지 않았다. 중국에서 꿈을 펼치고 싶던 '남자'는 중국인을 사랑하지 못하는 '여자'와 평생을 함께 살 수 없을 거라 여겼던 것이다. 가볍게 들리는 이 일화로 '남자'와 '여자'는 하마터면 결혼하지 못할 뻔했다*.

생각의 좌표는 '우' 보다는 '좌'에, '보수'보다는 '진보'에 위치한다고 믿었다. 하지만 내 '몸'의 감각은, 그리고 내 몸과 영혼에 배어 있는 습관은 전혀 다른 곳에 좌표를 찍었다.

조지 오웰은 〈위건 부두로 가는 길〉을 통해, 내가 아름답게 쓰고 있던 가면을 솜씨 좋게 벗겨 냈다.

갈수록 느끼는 거지만 내가 하는 '말'은 중요하지 않다.
내가 드러내는 작은 '몸짓'과 '행동'이 나에 대해 더 많은 말을 해주니까.

무더운 여름이 오면 만원 지하철 안에서 향수를 살짝 뿌린 얇은 손수건을 코에 대고 서 있는 젊은 '여자'와 그 여자를 바라보던 '남자'의 모습이 떠오른다.

---

* '여자'는 나, '남자'는 내 남편

세상은 얼마나 황홀하고 감각적인가

"세상은 얼마나 황홀하고 감각적인가. 여름철, 우리는 침실 창문으로 스며드는 달콤한 냄새에 이끌려 잠에서 깨어난다. 망사 커튼에 비쳐 든 햇빛이 물결무늬를 만들어내고, 빛을 받은 커튼은 바르르 떠는 듯 보인다. 겨울철, 침실 창유리에 새빨간 빛이 뿌려지면 사람들은 동트는 소리를 듣기도 한다. 그래서 잠결에도 그 소리를 알아듣고 절망적으로 고개를 흔들며 잠자리에서 일어나, 서재로 가서 종이에 올빼미나 다른 육식동물을 그려 창문에 붙인 다음, 주방으로 가서 향기로우면서도 조금 쓸쓸한 커피를 끓이는 것이다."

〈감각의 박물학〉 – 다이앤 애커먼

언젠가 어느 대기업 임원이 다른 B2C 관련 부서 임원들에게 인문학을 활용해 보는 게 어떠냐며 이 책을 짧은 편지와 함께 돌리는 것을 보았다.

〈감각의 박물학〉은 오래전 시각장애인과 청각장애인의 사랑 이야기를 쓰고 싶어 감각에 대해 공부할 때 내 손에 들어온 책이다. 그 뒤로 다락방에 숨겨 놓은 보물 상자처럼 가끔씩 열어 보며, 아름다운 감각의 묘사를 음미하곤 했는데. 갑자기 대기업 임원들 손을 오가는 이 책을 보자, 낯선 침입자에게 다락방의 보물 상자를 들켜버린 느낌이다. 세상에 이 책을 읽은 독자가 나 혼자만은 아니란 걸 알면서도 느끼는 서운함. (물론 책을 선물 받은 이들 중 끝까지 읽은 사람이 몇 명이나 될지 궁금하기는 하다.)

아무리 머릿속에 수많은 생각이 떠돈다 할 지라도, 보고, 듣고, 냄새 맡고, 만져 보고, 맛볼 수 없다면 감탄과 기쁨은 삶에서 영영 누릴 수 없을 것이다.

각각의 감각에 대해 과학, 문화인류학, 미술, 음악, 문학,

언어학, 철학 등 자칫 딱딱해질 수 있는 다방면의 지식을 시적으로 아름답게 풀어놓았다.

한 권의 책을 읽었다고 엄청난 변화를 기대할 수는 없겠지만, 기업인들이 (정치인이나 그 외 다른 분야에서도) 잠자고 있는 또는 일시적으로 마비된 우리의 감각을 일깨우고, "눈치 채지 못하도록 아주 살짝만 몸을 건드려" "우리의 숨어 있는 마음"이 "그것을 놓치지 않"게 해줄 수 있다면. 그렇게 우리 삶을 확장시켜 줄 수 있다면….

이벤트 밀도가 높은 사람

"이벤트 밀도*가 높은 거리는 우연성이 넘치는 도시를 만들어 낸다. 그리고 사람들이 걸으면서 더 많은 선택권을 갖는 거리가 더 걷고 싶은 거리가 되는 것이다."

〈도시는 무엇으로 사는가〉- 유현준

*

오랜만에 아침 산책을 했다. 자전거를 타거나 천천히 걷기에 좋은 길이 이어졌다. 집 앞 천변에서는 일종의 '버스킹'을 볼 수 있었고, 조금 더 걷자 머리 희끗한 노인이 인라인 스케이트를 타고 있다. 조금 더 걸으니 스케이트 파크가 나온다. 스케이트 보드로 묘기를 선보이는 이들 사이에서 아이들은 자전거로 오르락내리락하며 자신의 한계를 시험한다. 한동안 땀을 흘린 후 프라푸치노를 마시며 작은 분수를 바라보았다.

집 근처가 생각보다 아기자기하게 꾸며져 있고, 이벤트 밀도가 꽤 높다.

많은 사람들이 더 걷고 싶은 거리처럼, 많은 사람들이 함께 하고 싶은 사람 역시 '이벤트 밀도'가 높은 사람이 아닐까. 그 사람과 함께라면 다양한 체험이 가능하다. 그 사람과 함께 있으면 단조로운 삶에 변화를 더할 수 있고, 새로운 에너지를 얻을 수 있다. 말하자면 세종로보다는 샹젤리제 거리가, 테헤란로보다는 홍대 앞이나 신사동 가로수길이 되고 싶다.

도시에 대한 책을 읽고
도시를 걸으며
사람에 대해 생각하는 아침.

---

* 단위 거리당 출입구 숫자가 많아서 선택의 경우의 수가 많은 경우를 '이벤트 밀도가 높다'라고 표현

내 글은 내가 아니다

"이런 이야기들을 숨김없이 털어놓는 것을 나는 조금도 부끄럽게 생각하지 않는다. 이 글이 쓰이는 때와 그것을 나 혼자서 읽는 때, 그리고 사람들이 그것을 읽는 때는 이미 시간상으로 상당한 차이가 있을 테고, 어쩌면 남들에게 이 글이 읽힐 기회가 절대로 오지 않을지도 모르기 때문이다. … (그러므로 자기가 겪은 일을 글로 쓰는 사람을 노출증 환자 쯤으로 생각하는 것은 잘못이다. 노출증이란 같은 시간대에 남들에게 자신을 드러내 보이고 싶어 하는 병적인 욕망이니 까.)"

〈단순한 열정〉 - 아니 에르노

*

아니 에르노의 소설을 읽고, 언젠가 오스트리아 빈에서 보았던 [It's not Me, It's a Photograph*]라는 제목의 사진전이 떠올랐다. 자신이 직접 피사체가 되어 누드부터 시작해 매우 사적이고 내밀한 영역까지 작품으로 드러낸 작가는 "이건 내가 아니라 사진이다"라고 끊임없이 말한다.

문장과 사람이 별개일 수 있을까?

글을 쓰기 시작한 순간부터 끊임없이 물었던 질문이다. 때로는 나를 너무 닮아서, 때로는 나와 너무도 달라서, 소스라쳐 놀라게 되는 내 문장. 문장은 분명 내 안에서 나왔고 나와 닮은 데도 있지만, 분명 나는 아니다. 별개의 생명을 갖고 있는 독립된 개체. 내 속으로 낳았지만, 내가 아니고 내가 이해할 수조차 없는 내 자식처럼.

내 글은 내가 아니다.

'직접 체험하지 않은 허구를 쓴 적은 한 번도 없고 앞으로도 그럴 것'이라던 아니 에르노도 분명히 알고 있을 것이다. 소설이든 에세이든 100% 사실로만 쓰인 글도, 100% 허구로만 쓰인 글도 없다는 것을. 작가 자신에게 소중했던 기억을 마치 성기를 노출한 포르노 화면처럼 적나라하게 드러낸다 해도, 그 글이 아니 에르노는 아니라는 것을.

글은 분명 내 자궁을 빌려 태어난 자식처럼 내 손을 빌려 태어나지만, 한 번 태어난 문장은 나와는 관계없이 스스로의 운명을 지니고 살아간다. 때로는 오히려 문장이 내 삶을 흔들거나 내 운명을 어느 방향으로 밀고 가기도 한다. 자식에게 매어 사는 어미처럼, 때로는 그렇게 끌려가는 것이다.

소설을 쓸 때도, 에세이를 쓸 때도 경험과 허구의 경계를 수시로 넘나 든다.

내 글이 내가 아니라 다행이다.

내 글이 나보다 아름답기를.

---

* [It's not Me, It's a Photograph] - Kunst Haus Wien에서 열린 Elina Brotherus의 사진전

돈을 주고도 훔쳐보는 것 같은

"너는 어쩔 줄을 모르게 되었을 때, 막다른 골목에 다다 랐을 때, 그제야 나는 이곳에 글을 쓴다. 내가 행복할 때는 절대 쓰지 않다가. 오늘처럼……."

〈실비아 플라스의 일기〉 - 실비아 플라스

*

성경보다 더 두툼한 실비아 플라스의 일기를 단숨에 읽 었다. 남의 일기를 읽는다는 건, 당당히 돈을 주고 구입한 책을 보는 것임에도 어쩐지 몰래 훔쳐보는 것만 같다.

당대 최고의 천재 시인 테드 휴즈와 결혼한 실비아 플라스는 서른한 살에 자살했다. 옆방의 두 아이가 배고프지 않도록 우유와 빵을 놓아두고, 가스가 아이 방으로 새어 들어가지 않도록 문틈을 꼼꼼히 바른 후 가스 오븐에 머리를 처박았다. 이런 선정적인 스캔들과 가십이 없었어도, 실비아 플라스의 일기가 그토록 많이 읽혔을까. 한 사람의 독자로 추가되었다는 이유 만으로, 실비아의 죽음에 공범이 된 기분이다.

실비아는 남편의 외도와 잇단 별거 후 우울증과 생활고에 시달리다 자살했다. 하지만 고인의 일기는 바로 그 남편의 소유가 되었다. 문장 중간중간에 끼어들어 흐름을 끊어 놓는 '생략'이란 이름의 검열의 흔적들. 테드 휴즈는 '일기장의 마지막 권은 몇 달 동안의 기록을 담고 있었지만, 아이들이 그 글을 읽는 일이 없기를 원했기 때문에 내가 그 일기를 폐기했'고 서언에 쓰고 있다. 실비아와의 결혼 중 테드 휴즈의 외도의 대상이었던 애시어 웨빌도 6년 후 그의 외도 때문에 실비아처럼 가스 오븐에 머리를 처박고 자살한 건 우연일까.

아이 방에 가스가 새어 들어가지 않도록 문틈을 바른 것처럼 일기장도 꼼꼼히 처리할 수는 없었던 걸까. 누군가가 훔쳐볼 수 없도록 모두 폐기하거나, 읽히기를 원했다면 테드 휴즈가 절대 손대지 못하게 막아줄 누군가에게 보내거나. 과도하게 감정 이입하며 화내고 있지만, 고인이 허락하지 않았으니 그의 일기를 보는 건 훔쳐보는 게 맞다. 일기에 맘대로 칼을 들이댄 테드 휴즈와 나는 얼마나 다를까.

소설을 쓰고 있는 사람은 더 이상 일기를 쓰지 않는다는 말을 들은 적이 있다. 작가가 일기를 쓴다는 건 시도 소설도 쓰지 못하고 있다는 뜻이라고. 글에 대한 끊임없는 집착과 조바심으로 가득 찬 실비아의 일기는 사실 내 일기와도 닮았다.

행복할 때는 절대 쓰지 않고, 막다른 골목에 다다랐을 때나 쓰는 일기. 그런 일기라면 그 누구도 다시는 쓰지 않으면 좋겠다. 혹시라도 쓰게 되면 절대 적의 손에 들어가지 않도록!

용서하지 못하는 오직 한 사람

"옛날에는 '간통(Adultery)'을 상징했던 주홍글씨 A가 이제는 '혼자(Alone)'인 여자를 표시하는 낙인이 되었다"

〈미술관에는 왜 혼자인 여자가 많을까?〉 - 플로렌스 포크

*

모든 여성이 한 번쯤 읽고 생각해 봐야 할 책이다. 자신을 잃는 것이 가장 큰 상실인데, 여전히 고작 곁에 있어줄 누군가를 잃어버릴까 봐 두려워하도록 키워지고 있으니까.

"용서하지 못하는 오직 한 사람은 바로 자기 자신이다."

사회적으로 '왕따'라는 말이 상용되기 전부터 따돌림을 받았다. 맘 속으로 늘 누군가에게 미움받으며 살아왔다고 생각했는데, 정작 나를 미워한 건 나 자신이었다. 그걸 모른 채 나를 보호하겠다고 혼자 숨어들고, 두려움을 감추기 위해 '거짓 자아', 곧 가면을 쓰고 다녔으니. 아찔하다.

우리 모두는 혼자 있는 시간, 고독이 필요하다. 혼자 있는 여성이든, 남편이나 애인이 있는 여성이든, 아니면 남성이든 관계없이. 따라서 '어떤 남자의 눈이나 손길도, 어떤 천사의 눈이나 손길도 꿰뚫지 못'하는 '자기 자신'과의 대면 없이 살아간다는 것은 배우자나 애인의 상실과는 비교도 할 수 없는 크나큰 상실이다.

"고통보다 큰 힘을 지닌 것은 단 한 가지, 깊은 내면의 탐구뿐이다."

외로움이나 고립, 소외나 실패가 아닌 온전한 고독 속으로 천천히 걸어 들어간다. 진정한 나 자신을 만나기 위해. 생각보다 오래 걸린다고 해도 남의 시선으로 손상되지 않은 '나'를 찾고 싶다.

우리는 단지 민감할 뿐이에요!

"'매우 민감한 사람들에게 마치 무슨 문제가 있는
것처럼, 태생이 내성적, 신경과민, 숫기 없는
사람들인 것처럼 취급하지 말라'는 것이다."

〈타인보다 더 민감한 사람〉 - 일레인 N. 아론

*

자연스럽게 스며들지 못하고 말없이 겉도는 아이를 가리
키며, 누가 묻지 않아도 변명하기 급급했다.

"애가 좀 숫기가 없어요."

"애가 절 닮아 그런지 내성적이네요."

아이가 학교에 처음 들어갔을 때, 혼자 외톨이가 되지는 않을지 노심초사하고 있다가 학교에서 같은 반 아이 엄마를 만났다. 누가 묻지도 않았는데, 나는 "우리 애가 숫기가 없어서요." 하며 죄라도 지은 듯 움츠러들었다. 그때 미국 아이였던 걸로 기억되는 그 아이 엄마가 이렇게 말하는 게 아닌가.

"My son is very sensitive." (우리 아들은 아주 민감해요.)

숫기 없다, 내성적이다… 이런 말 뒤에 얼마나 많이 숨어 왔던가. 마치 내게 무슨 문제가 있는 것처럼 움츠러들며 '부디 비난하지 말고 넘어가 달라'고 얼마나 간절히 바랐던가.

초등학교 시절 매일 있는 청소 시간마다 공중을 부유하는 먼지 입자들이 하나하나 눈에 선명하게 들어와 숨이 막히곤 했다. 사람이 많은 곳이나 시청각적 자극이 많은 곳에 가면 늘 피곤했기에 혼자 있는 시간을 좋아했다. 그리고 말로 설명할 수는 없지만, 그냥 알아지는 것들이 있었다. 이런 것들 때문에 늘 내가 어딘가 이상하거나 잘못되었다고 느끼며 괴로워했다.

"우리는 단지 민감할 뿐이에요!"

이렇게 말할 수 있었다면, 조금은 더 평온한 삶을 살지
않았을까.

닥치고 써라!

"작가에게 중요한 건 오직 '쓴다'는 동사일 뿐입니다.
'잘 쓴다'도 '못 쓴다'도 결국에는 같은 동사일 뿐입니다.
잘 못 쓴다고 하더라도 쓰는 한은 그는 소설가입니다."

〈소설가의 일〉 - 김연수

*

오래전에 아나운서를 공개 오디션으로 뽑는 티브이 프로그램을 시청한 적이 있다. 처음에 점찍었던 지원자가 마지막까지 살아남았다. 어쩐지 그냥 감으로 알 수 있었다. 콕 집어서 설명하라면 왜 그 지원자가 더 나은지 논리적으로 설명하기는 곤란하지만.

컨설팅 회사에서 컨설턴트를 채용할 때도 레주메 스크리닝은 정말 눈 깜짝할 사이에 이뤄진다. 수많은 지원자의 레주메를 훑어보다 보면 손에 남는 몇 장이 있다. 인터뷰를 할 때도 대부분 인터뷰이가 들어선 지 몇 분 지나지 않아, 합격 여부를 알 수 있다.

아나운서도, 경영 컨설턴트도 어떤 사람이 그에 적합한지 '감'으로 알 수 있다. 직접 경험해 보았기에 가능한 일이다. 하지만 역시 소설가는 '감'이 잡히지 않기에 소설 작법에 대한 책을 수도 없이 사 봤다. 많은 소설가들이 내놓은 저마다의 비슷한 이야기들. 하지만 역시 속 시원하지는 않았다.

정작 딱 보면 알 수 있는 그 '감', 곧 핵심은 직접 되어보고 경험해 보지 않고는 절대 알 수 없는 것이리라. 일반론을 떠들어 댈 수는 있지만, 진짜 중요한 건 말로 설명하기 어려우니까.

그럼에도 그 모든 글쓰기와 소설 작법 책들이 공통적으

로 하는 한 마디가 있다.

닥치고 써라!

'쓰는' 사람이 소설가고, 작가니까.

colour 7.

IVORY WHITE

우아함, 고고함, 부드러움, 신비, 인내, 순결, 비애 극복,
여성이 슬픔을 없앰

보통 빠르기로 노래하듯이

"그들의 손은 너무도 차가워서 오직 그렇게 되었으면 하는 소망 속에서만 환각으로 서로 스쳐갔다. 지금과 같이 소망 속에서 말고는 달리 이루어질 수 없었다."

〈모데라토 칸타빌레〉 - 마르그리트 뒤라스

*

'모데라토 칸타빌레*'로 연주하는 음악 같던 안 데바레드의 삶에 갑자기 균열이 생긴다.

살인 사건.

자신을 죽여달라는 연인을 총으로 쏘아 죽이고는 피투성이가 된 여인을 애무하고 입 맞추는 남자.

삶과 죽음이 서로에게 스며드는 그 입맞춤.

일상에서의 추락 대신 죽음을 통해 불멸을 이룬 사랑과 열정에 매료된 안.

카페에서 쇼뱅을 만난다.

폭풍처럼 내면에 일고 있던 갈망이 가망 없는 말들의 섞임으로 격정적으로 휘몰아치지만…

사실은 아무것도 일어나지 않는다.

노골적인 일탈이나 불륜으로 추락하기보다는

죽음이나 이별을 택함으로 열정이 영원히 불타기를 소망한다.

휘몰아치는 열정과 격정을 내면에 그득 담고도 '모데라토 칸타빌레'로 연주할 수 있는

피아니스트 안,

그리고 마르그리트 뒤라스.

---

* 모데라토 칸타빌레 – '모데라토'는 보통 빠르기로, '칸타빌레'는 노래하듯이 연주하라는 뜻

은은하고 부드러운 북향 빛처럼

"만일 집이 인간을 행복하게 만들거나 불행하게 만들 수 있다면, 건축가는 신도, 악마도 될 수 있으리라. 인간을 행복하게 만들거나 불행하게 만드는 건 인간이라는 사실을, 센신테이가, 그 소박한 공간이 가르쳐주었는지도 모른다."

〈빛의 현관〉 - 요코야마 히데오

*

아무도 죽지 않고 다치지도 않으면서 흥미진진하게 이어지는 추리/미스터리 소설이라니…. 〈빛의 현관〉의 원제는 〈North Light〉다. 제목처럼 정말 은은하고 부드러운 북향의 빛을 끌어모아 섬세하게 직조한 글이다.

잡지에 연재했던 소설을 7년간 고쳐 써서 단행본으로 출간한 책이다. 원래의 글은 10%밖에 남지 않았다니, 거의 전부 새로 쓴 거나 다름없다. 어쩌면 작가에게 이 소설은 소설의 주인공 아오세의 'Y주택' 같을지도.

아오세는 이혼한 중년 건축가로, 어느 날 '아오세 씨가 살고 싶은 집을 지어'달라는 의뢰를 받는다. 그리고 어릴 적부터 갖고 있던 추억과 헤어져 살고 있는 아내와 딸에 대한 마음 등 자신의 모든 걸 담아 'Y 주택'을 건축한다.

대부분 남향집, 남향으로 난 창을 원하지 북향 창을 원하지 않는다. 스스로를 '패잔병'이라고 부르는 아오세의 삶처럼. 북향 창으로 들어오는 빛은 눈부시게 밝은 빛은 아니지만 간접조명처럼 온종일 은은하게 흘러든다. 균일한 조도가 유지되어 생각에 잠기거나 집중하는 일을 하기에 좋다. 눈부심 없이 하늘을 바라보거나 해를 향해 한껏 얼굴을 드러낸 꽃이나 식물을 감상하기에도 북향 창이 좋다.

이미 마침표를 찍은 소설을 7년이라는 긴 세월 동안 고쳐 쓰는 건 북향으로 들어오는 은은한 빛을 모으는 일 같은 것이었을 지도. 당장 죽어도 이 작품 하나만 남는다면 하는 마음으로 빛을 모았으리라. 생애 한 번쯤은 그런 마음으로 정말 하고 싶은 일에 모든 걸 걸어봐야 하는 건 아닐까. 비록 눈부시게 밝은 빛이 아니라 그저 은은하게 스며드는 북향 빛일지라도….

소망의 아주 작은 씨앗

"운명에 체념한다는 것은 극단적이고도 슬픈
폭력을 생각나게 했다."

〈소망 없는 불행〉 - 페터 한트케

*

늦은 나이에 결혼했기에 아이를 하루빨리 갖고 싶었다.
오래도록 실패한 후, 도대체 왜 이렇게 임신이 안 되는지 알
아보려고 산부인과를 찾았다.

임신이 되었는데 이미 유산이 진행되고 있다는 말을 들

었다. 유산 한 번이 문제가 아니라 잘못되면 영영 불임이 될지도 모르니 당장 큰 병원으로 가 보라고.

의사의 말이 너무도 충격적이어서 오히려 담담했던 것 같다. 도무지 믿어지지가 않았기에. 며칠 째 생리 중인 줄 알고 흘렸던 피가 사실은 유산으로 인한 하혈이었다니.

엄마가 눈치 채지도 못했을 때, 이미 엄마 뱃속에서 밀려나고 있던 아기에게 '소망'이라는 이름을 지어줬다. 그리고 방안에 누워 '소망'을 붙들고 기도했다. 그때의 그 '소망'이 세상에 태어나 자라서 이젠 제 엄마보다 키가 크다.

어머니의 자살이든…('소망 없는 불행')

첫 번째 부인과 결별한 후 파리와 독일 여러 도시를 옮겨 다니며 남자로서 딸아이를 키우는 고통이든… ('아이 이야기')

누구에게나 세상이 무너지는 듯한 불행이 찾아온다.

운명에 체념하는 대신 '소망'의 아주 작은 씨앗이라도 붙들 수 있다면….

글을 쓴다고 달라지는 일은 아무것도 없겠지만

> "중국의 제일 장관은 저 기왓조각과
> 저 똥덩어리에 있다."
>
> 〈열하일기〉 - 박지원

*

〈여백을 채우는 사랑〉을 출간했을 때, 코로나19 때문에 한국에 들어갈 수 없었다. 책이 나왔는데 독자들이 읽어주는 현장에 다가가지 못하고 중국에서 발만 동동 굴렸다. 한국에서 저자 강연 등 각종 홍보 활동을 하기는커녕 저자가 하필 중국에 있다니. '중국'이라는 말만 들어가도 내용과 관계없이 악플이 달리는 걸 자주 보았다. 짱깨, 떼 놈, 짜장 등을 넘어 미개, 극혐, 파렴치까지….

연암 박지원 선생이 살던 18세기에도 분위기는 비슷했다. 청나라의 변발을 보고 조선 선비들은 돼먹지 못한 오랑캐라, 개, 돼지니 상종하지 말자며 덮어 놓고 무시했다.

연암 박지원이 44살 나이에 처음으로 청나라를 여행하고 돌아왔을 때 중국에서 보고 온 가장 장관이 뭐였냐는 질문을 받았다. 보통 사람들은 만리장성이 시작되는 산해관이나 끝없이 넓은 들판 같은 평이한 답을 했다. 소위 지식인들은 개, 돼지 나라에 볼 게 뭐가 있냐고 대놓고 무시했고.

박지원은 깨진 기왓조각도 버리지 않고 마당에 무늬를 이어 꽂아 놓아 미관상도 아름답고 비가 와도 진창이 되지 않게 하는 것이나, 짐승의 똥부스러기마저 그냥 버리지 않고 팔각, 육각 등 다양한 모양으로 차곡차곡 쌓아 거름으로 쓰는 모습에서 앞선 문화를 발견했다고 했다.

물론 박지원은 '실사구시' 정신으로 한 말이었겠지만, 글을 쓸 때 꼭 배워야 할 태도가 아닌가 싶다. 요즘은 작은 공동체에서조차 편 가르기나 혐오를 접하게 된다. '변발은 흉하다, 오랑캐다' 하는 편견에 갇혀 있는 한, 우리는 눈을 뜨고도 아무것도 볼 수 없다.

〈운다고 달라지는 일은 아무것도 없겠지만〉이라는 박준 시인의 책 제목처럼 글을 쓴다고 달라지는 일은 아무것도 없겠지만, 글을 쓰는 자세 곧 열린 마음으로 세상을 바라본다면 그만큼의 여백이 생기지 않을까.

부족한 건 돈이 아니라 사람

"25년 동안 봉사를 하면서 얻은 깨달음이 있다.
어떤 돈은 시류에 휩쓸려 쉽게 사라지지만
어떤 돈은 가까운 누군가에게 힘을 준다는 사실이다."

〈햇빛은 찬란하고 인생은 귀하니까요〉 - 장명숙

*

중요한 행사에서 사회를 보거나 하는 일 때문이 아니라
면, 대체로 저렴한 옷에 에코백을 들고 다닌다. 그러다 얼마
전 어떤 모임에서 문득 브랜드도 없는 낡은 내 옷과 가방이
창피하다는 생각이 들었다. 집에 돌아오자마자 애꿎은 남편

에게 "나도 좋은 옷이랑 가방 좀 사 줘." 하고 투정을 했다. 남편은 물론 당장 사러 가자고 대꾸했다. 그도 그럴 것이 남편이 말려서 '못' 사는 게 아니었으니까.

다음 날이 되자, 오히려 전날 창피해했던 나 자신이 부끄러워졌다. 지난 몇 년 간 구제와 헌금한 내용을 정리해 놓은 엑셀 파일을 열어보자 얼굴이 화끈거렸다. 값비싼 옷이나 명품 백을 사지 않는 건 그 돈을 아껴 더 가치 있는 일에 쓰고 싶었기 때문이었다. 그런데 기껏 씀씀이는 줄여놓고, 실제 구제와 헌금에 쓴 액수가 해마다 줄고 있는 걸 눈으로 확인하니 뜨끔했다. 좋은 곳에 쓰지도 않으면서 돈을 아끼기만 한 거라면 궁상맞고 인색한 것과 도대체 뭐가 다를까.

"골프 대신 내가 찾은 일은 봉사하기였다. 골프장에서 하루 만에 모두 쓰게 될 만큼의 비용으로 관심이 고픈 어린아이들에게 좋은 추억을 만들어줄 수 있었고, 친부에게 성폭행을 당해 증오의 기억을 떨치지 못해 끊임없이 면도칼로 자해를 감행한 소녀를 보며 그 아이의 손목에 새겨진 송충이 같은 흔적을 지워주기도 했다.

호화로운 외식을 줄인 비용으로 부모에게 버림받아 영혼

에 구멍이 난 어린이가 치유받을 수 있도록 심리상담 비용을 보탰다. 가능한 한 내게 투자하지 않고 절제하여 모은 비용으로 구순구개열로 태어난 아이의 수술도 지원했다. 수술 뒤 밝게 웃는 아이의 모습을 볼 때의 희열이 어찌 고급 옷을 입는 즐거움에 비길 수 있을까."

돈이 부족한 게 아니라 사랑이 부족한 것이었다. 누군가의 필요를 알아채려면 관심이 필요하다. 더구나 자존심에 상처를 주지 않고 도우려면 극도의 세심함이 필요하다. 기아대책이나 컴패션, 기타 선교지에 매달 일정한 액수를 계좌 이체하는 건 그리 어렵지 않다. 하지만 그 정도로 할 일을 다했다 여기며 안일한 자만심에 빠지고 싶지는 않다. 가장 필요로 하는 곳을 민감하게 알아채고, 제때 적절한 방법으로 내가 가진 것을 흘려보내며 살고 싶은데… 여전히 미련한 내 눈에는 잘 보이지 않는다.

밀라논나의 옷을 맵시 있게 입는 안목이나 센스도 부럽지만, 무엇보다 물질을 가장 귀한 곳에 제대로 흘려보낼 줄 아는 섬세함을 배우고 싶다. 절약한 돈이 가장 필요한 이들에게 제대로 전해질 수만 있다면, 부끄러움 대신 당당함이 주는 빛이 패션을 대신할 수 있지 않을까.

"나는 근사한 문장을 통째로 쪼아 사탕처럼 빨아먹고,
작은 잔에 든 리큐어처럼 홀짝대며 음미한다.
(…)
문장은 천천히 스며들어 나의 뇌와 심장을 적실뿐
아니라 혈관 깊숙이 모세혈관까지 비집고 들어온다.
그런 식으로 나는 단 한 달 만에 2톤의 책을 압축한다."

〈너무 시끄러운 고독〉 - 보후밀 흐라발

*

첫 장에서 매료되었다. 그렇게 더럽고 누추한 곳에서 책을 그토록 아름답고도 달콤하게 빨아먹을 수 있다니….

조금 뜬금없어 보이지만 쿤데라의 〈무의미의 축제〉가 떠올랐다. 무의미한 것과 무의미해 보이는 것, 그리고 사소한 것의 위대함이랄까. 어느 정도 나이를 먹어야만 알 수 있는 진실이 아닐까 하는 생각도 들었다.

대부분 한 번 정도 읽히고 책장에 꽂힌 채 먼지만 쌓여가는 내 책들을 둘러보았다. 그들의 일생과 운명을 생각해 본다. 잘해야 주인공이 한 달이면 압축해낼 2톤 정도 분량의 책.

물리적인 책 자체야 정말 쓰레기처럼 압축기 속으로 쏟아져 들어가 순식간에 압축되어 꾸러미가 될 운명일지 모른다. 하지만 그 안에 담겨 있던 많은 것이 내 정신과 몸속으로 들어와 함께 하고 있다고 믿어도 될까. 어쩐지 압축되는데 걸리는 시간만큼도 내 안에 머물지 못하는 것 같아 안타깝다.

내가 사랑하는 도시, 프라하가 있는 나라.
체코에 또 한 사람 안아 주고 싶은 사람이 있구나.

우울증을 우울하게 말할 필요는 없다

"내 우울증이 걱정되고 염려된다면 우울증, 정신과, 약물, 상담 같은 단어를 사용해서 직접적으로 물어봐주는 편이 편하다. '마음의 감기' 같은 은유를 사용하는 일은 오히려 정신 질환을 입 밖으로 꺼내기 어려운 것, 숨겨야 할 것으로 만든다…. 특히 자살 사고와 관련해서도 전문가들은 '죽고 싶다는 생각도 해?'라고 직접적으로 묻는 편을 권한다."

〈나의 F코드 이야기〉 – 이하늬

*

'F코드'로 분류되는 정신과 질병. 나 역시 F코드 진단을 받은 적이 있다. 둘째 아이를 출산한 직후 우울감이 극에 달해 정신과를 찾아갔고, 나이 든 백인 남성 의사 앞에 내 상태를 털어놓은 후 'major depression(주요 우울증)'이라는 진단을 받았다. 당시 상하이에 살고 있던 나는 속 시원히 상담할 한국인 정신과 의사조차 찾을 수 없는 상황이었던 것이다. 상담 후 뭔가 더 답답해진 채, 약만 한 보따리 받아 돌아왔던 기억이 난다. 심리학을 전공했고 특히 임상심리학에 관심이 많았기에, 정신과 진료에 거부감이 없었다. 하지만 당시 가족들이나 주변에서는 약이나 상담 대신 다른 방법을 선택하기를 은근히 바라는 눈치였다.

우울증, 정신과, 약물, 상담 같은 말은 숨겨야 할 수치스러운 단어가 아니다. 그런 편견만 사라져도 많은 환자가 자신의 F코드에 대해 자유롭게 이야기하며 회복 가능성을 높일 수 있을 텐데.

우울, 불안, 예민, 강박 그 어딘가를 부유하고 있을 자신의 감정, F 코드 이야기를 거리낌 없이 나눌 수 있기를. 우울증을 전혀 우울하지 않게 이야기하고 있는 이 책처럼.

점묘화를 그리듯

"밥을 먹다가 휘의 앞니가 벌어진 것을 보면 흉하다는 생각이 들었고, 아이가 옆에 들러붙을 때는 미지근한 체온을 참을 수 없어 뒤로 물러났다. 무엇보다 그애의 발작적인 웃음소리를 견딜 수 없었다. (…) 술을 마시기 시작한 것은 그래서였다. 시시각각 분열되는 나를 참을 수 없었다."

〈술과 바닐라〉 - 정한아

*

자기 전에 한두 편만 읽고 잘 생각이었는데, 결국 취침 시간을 넘기고 다 읽어버렸다. 내가 알고 있던 작가의 다른 소설과는 결이 많이 달랐다. 소설집 뒤에 실린 염승숙 작가와의 대담을 보고 의문이 바로 풀렸다. 아, 두 아이의 엄마가 되었구나.

"아이를 곁에 둔 채로 소설을 쓴다는 게 정말 불가능하게 여겨져요. 사고가 연달아서 이어지질 않고, 신경은 자꾸만 잘게 분쇄되고, 그럼에도 불구하고 써야 한다는 초조함에 시달리잖아요."(염승숙)

"우리가 선택한 것들이기 때문에 어디 하소연할 데가 없죠. 말해봤자 주변 사람들은 '아이 키우는 게 우선이지, 당장 소설 안 쓴다고 죽니' 이런 소리들만 하거든."(정한아)

아이를 양육해 본 사람이라면 누구든 바로 공감할 수 있을 것이다. 원래 다방면에 관심이 분산된 편이긴 했지만, 아이를 낳고 기르면서 나는 극도로 산만한 인간이 되었다. 거의 하루 종일 멀티 태스킹을 해야 하고, 그 와중에도 다음 할 일을 생각해야 하는 삶. 그런 삶 속에서 글을 써야 한다면?

저자의 말대로 '글 쓰는 엄마'는 '실패할 수밖에 없는 싸움'을 계속해나가는 자다. 글을 쓰기 위해서는 몰입과 집중이 필요한데, 한 가지 생각을 잠시도 이어갈 수 없는 환경에서 글을 써야 하니….

'글 쓰는 엄마'는 시시각각 분열되고 흩어지는 가루와 파편을 모아 점묘화를 그리듯 글을 쓴다. 한 점 한 점 찍어 그리는 점묘화는 일반 그림보다 시간이 많이 걸린다. 대신 밀도 높은 그림을 완성할 수 있다. 물감을 팔레트에서 섞지 않고 화폭에 직접 순수한 색의 점을 하나하나 찍어나가다 보면, 다른 화가들이 보지 못하는 아주 작은 부분까지 섬세하게 볼 수 있다. 때로는 붓 대신 면봉이나 손가락으로 점을 찍어야 할 때도 있겠지만, 그래도 괜찮다.

끝없이 분열되고 부서지는 파편을 한 점 한 점 찍어가는 과정에서 당장 눈앞에 보이는 건 희미하고 추하겠지만, 언젠가 완성된 작품을 멀리서 본다면 지금은 보이지 않는 걸 볼 수 있겠지.

나를 포함해서 '글 쓰는 엄마'들이 포기하지 않고 작은 점을 계속 찍어 나가기를….

침묵이 결코 우리를 지켜줄 수 없음을

"이 글을 쓰는 것은 나의 경험을 피해자의 언어로 있는 그대로 기록하고 싶었기 때문이다. 그동안 성폭력 피해자들이 말하지 못했던, 감춰야만 했던 이야기를 하고 싶었다. 숱한 사연과 깊은 시간을 모두 함축할 수는 없겠지만, 적어도 피해자가 겪어야 하는 고통의 삶을 간접적으로나마 전하고 싶었다."

〈김지은입니다〉 - 김지은

*

마지막 장을 덮을 때까지 넉 달이나 걸렸다. 한 자 한 자

읽어나가는 게 너무 힘들고 아팠기 때문이다. 읽는 내내 고통스러웠지만, 용기를 내어 이 책을 써준 김지은에게 고마웠다. '여성의 40퍼센트가 성폭력을 경험하는*' 사회에서 여성의 한 사람으로 김지은에게 빚을 지고 있다.

성폭력, 성추행, 성희롱… 일상 폭력이라고 할 만큼 여성이라면 누구나 겪는 일이지만, 우리는 아닌 척 살아간다. '성'이 들어가는 폭력만큼은 모든 수치가 피해자에게 돌아온다는 걸 알기에. 오히려 가해자는 뻔뻔스러울 만큼 당당한데.

"악이 승리하려면 선한 자들이 가만히 있기만 하면 된다."
(영화 〈갱스터 스쿼드〉 중)

많은 경우 침묵이 우리를 보호해 줄 거라 생각하고 침묵을 택하지만, 결국 침묵으로 지옥은 더 확장되고 더 많은 피해자를 지옥에 빠뜨린다.

차마 입에 담을 수도 없는 말들이 김지은에게 2차 가해로 쏟아지고 있지만, 그런 추악한 말의 포화 속에서도 김지은은 스스로의 존엄과 품위를 당당하게 지키고 있다고 생각한다. 침묵하지 않고 용기를 내어 입을 떼고 글을 썼기에.

김지은에게 감사한다.
얼굴과 이름을 내놓고 인생을 걸면서까지
침묵하지 않은.

* 전국성폭력상담소협의회 〈굿바이 회전목마〉 12p.

칼 대신 팔꿈치를

"팔꿈치를 주세요.

네?

제 왼편에 서서 미란 씨 오른쪽 팔꿈치를 살짝 내밀어주
세요. 제 왼손을 그 팔꿈치에 올려주시고요.

(⋯)

이렇게 하면 미란 씨가 저보다 반보 앞에 서게 돼요.
영은*이 내 팔꿈치를 살며시 감싸 쥐었다.
이제 미란 씨만 믿을 거예요."**

〈팔꿈치를 주세요〉 - 황정은 외

*

구약 성경 중 사사기에는 웬만한 막장 드라마보다 더한 막장 이야기가 담겨 있다. 일명 레위인***첩 사건. 레위인이 첩을 두고, 그 첩은 행음하다 친정으로 돌아간다. 시간이 흐르자 그는 첩이 그리워져 처가에 가서 그 첩을 데려오려 한다. 장인은 아쉬운 마음에 먹고 마시는 잔치를 벌여 레위인이 제때 떠나지 못하도록 잡는다. 지체하다 느지막이 떠나 집으로 돌아오는 길에 베냐민 지파 땅(기브아)에서 하룻밤 묵게 된다. 나그네를 대접하라는 말씀은 무시하고 아무도 레위인 일행을 재워주려 하지 않는데, 마침 노인 하나가 나그네를 맞는다. 그런데 동네 사람들이 몰려와 나그네를 내놓으라고 한다. 나그네를 강간하려는 행위가 악하다며 그들을 말리던 노인이 대신 자기 딸을 내어 주고, 레위인이 첩을 그들에게 내어 준다. 밤새 농락을 당한 레위인의 첩이 다음 날 아침 시신으로 발견되자, 화가 난 그가 첩의 시체를 토막 내어 베냐민 지파를 제외한 나머지 지파에 나눠 보내고 베냐민 지파와 전쟁을 하도록 부추긴다.

요즘 (나를 포함한) 많은 크리스천이 이 레위인 같은지 모른다. 악을 행한 베냐민 지파를 징계한다는 정의감에 혈

안이 되어 강경한 태도로 그들을 정죄하지만, 정작 자기 죄는 돌아보지 않는…. 레위인이 첩을 두고 먹고 마시는 향락에 빠진 데다, 자신이 변 당하는 걸 피하겠다고 약자인 첩과 노인의 딸을 밤새 농락당하도록 내어 준 건 죄가 아니라고 생각하는 것이다.

동성애를 지지하지는 않지만, 성소수자 편에 서고 싶은 심정일 때가 많다. 퀴어 소설이나 퀴어 사례에서 구체적인 서사를 읽다 보면, '성적 지향'은 잘 보이지 않고 오히려 약자들의 신음과 울부짖음이 자주 들리기 때문이다. 수많은 '레위인 첩과 노인의 딸'의 부르짖음이 마음을 할퀸다.

무섭게 정죄의 칼을 들이대기 전에 먼저 팔꿈치를 가만히 내어줄 수 있다면….

---

* 영은은 시각장애인
** 인용문은 안윤의 단편 '팔꿈치를 주세요' 중
*** 레위인 – 제사장 지파로 요즘으로 치면 목사나 신부 역할을 한다

colour 8.

Light Brown

뿌리내리기, 비옥함, 양육, 편안함, 그리움,
풍성함

결과만 놓고 보면 '루저'지만

"도시의 비좁은 하늘 아래, 우리 베란더는 언제나 필사적으로 식물을 돌보고 또 시들게 해 한숨을 내쉰다. 그리고 몇 번이고 지치지 않고 꽃집으로 향한다. 하지만 너무 아쉬워할 것 없다고 말하고 싶다. 지는 것 또한 식물 생명의 한 주기니까.

원예는 식물을 지배하는 게 아니다. 오히려 그것이 불가능하다는 사실을 배우는 것이다.

그러므로 나는 시들어 버린 식물에 감사를 바친다

손 쓸 도리 없는 수많은 생명에 감사한다."

〈내 맘대로 베란다 원예〉 - 이토 세이코

*

결과만 놓고 이야기하는 세상의 화법에 따르자면, 원예에 있어서 나는 '루저'다. 죽어나간 화분의 개수를 세며, 다시는 식물을 키울 수 없을 거라 생각했다.

오레가노와 민트, 로즈메리를 잃었고, 씨앗 때부터 지켜보았던 브로콜리와 수박, 토마토와 헤어졌다. 엄청난 생명력으로 거실 전체를 푸르게 하며 쑥쑥 자랐던 스킨답서스마저 코로나로 8개월간 집을 비웠을 때 모두 죽어버렸다. 작년 말 이사할 때 사들였던 파키라와 여인초는 배송 과정에서 얼었다 녹으면서 도착한 다음날 이파리들이 모두 갈색이 되며 우수수 떨어졌다.

'식물을 죽이지 않고 잘 키울 수 있는 묘안' 같은 걸 얻을 수 있을까 해서 책을 집어 들었다. 베란다 원예 경력 10년, 자칭 '베란더*'의 책이니 분명 좋은 팁을 구할 수 있을 거라 기대했다. 예상은 보기 좋게 빗나갔고, 그 때문에 오히려 다시 식물을 키워볼 마음이 생겼다.

죽어나간 화분의 개수를 세는 대신, 크고 작은 화분과 함께 했던 추억을 떠올리게 되었다. 브로콜리가 뾰족한 싹을 틔우자, 여기저기 영상통화를 걸어 "우리 아기 좀 봐, 귀엽지?"하며 호들갑을 떨던 일. 물꽂이로 화분을 늘려 스킨답서스 대가족을 모아 놓고 흐뭇해했던 일. 조금이라도 영양이 풍성한 흙을 만들어 주려고 과일 껍질을 잘게 잘라 EM 쌀뜨물 발효액을 넣어 부숙 시키며 그 냄새를 향기롭다 여기던 순간. 말 한마디 할 줄 모르는 식물과 소리 없이 대화를 나누던 순간들.

"견딜 수 없이 슬픈 작별은 이루 말할 수 없이 즐거운 나날을 보냈다는 증거입니다. 좋은 추억이 있으니 이별이 사무칩니다. '잘 키워서'가 아니라 '함께 우왕좌왕' 했기 때문일 것입니다." (원예가 야규 신고)

조심스럽게 새로운 식구를 들였다. 언젠가 이별이 닥치면 또 견딜 수 없이 슬프겠지만, 지레 겁먹고 사랑하는 걸 포기하고 싶지는 않다. 빛이 잘 드는 곳에 새 친구를 놓고, "잘 자라"라고 속삭여주었다. 서툴지만 최선을 다해 함께 울고 웃으며 '우왕좌왕' 할 것이다. 꼭 식물만이 아니라 그게 우리가 서로를 사랑하고 또 살아가는 모습이니까.

---

* 베란더 – 베란다에서 원예 하는 사람. 가드너와 구분하기 위해 저자가 만든 단어.

빵 굽는 날

"온기가 남은 오븐 곁에 둘러앉아 누군가와 단팥빵을 나
누어 먹는 상상을 해본다. (…) 그것은 틀림없이 행복한 장
면이겠지만 그런 순간에도 우리는 모두 각자의 자리에서 고
독할 것이라는 걸 나는 이제는 안다. 사람들은 누구나 타인
에게 쉽게 발설할 수 없는 상처와 자기모순, 스스로도 이해
할 수 없는 욕망과 충동을 감당하며 사는 존재들이니까."

〈다정한 매일매일〉 - 백수린

*

그런 날이 있다.

사람에게서 도무지 위로를 받을 수 없는 날.
말도 침묵도 상처가 되는 날.

그런 날 나도 모르게 빵을 굽고 있었다.
반죽이 부풀기를 오랜 시간 기다리고,
그 반죽이 구워져 마침내 고소한 냄새가 진동할 때까지
세상과는 차단한 채 홀로 고요히….

요리에 젬병인 내가 사고 나서 가장 만족했던 조리도구
는 제빵기였다. 주방에 커다란 오븐이 있음에도 혼자 빵을
구울 자신이 없어 제빵기를 들였다. 서너 명이 한 조각씩 나
눠 먹으면 그만일 작고 투박한 빵 한 덩어리. 설명서에는 다
양한 빵이 가능하다고 적혀 있지만, 그 덩어리 빵 외에는 제
빵기가 있어도 만들 줄 모른다. 그럼에도 빵을 굽는 그 시간
이 좋다. 오랜 시간 반죽이 부풀기를 기다리고 그 반죽이 구
워지는 것을 기다리는 내내 나 자신이 조금 단단해지는 느
낌이 들기 때문이다.

드디어 빵이 구워지고 고소한 냄새가 솔솔 새어 나오기
시작하면, 괜히 뿌듯하다. '스스로의 상처와 자기모순, 이해
할 수 없는 욕망과 충동'을 잘 발효시켜 향기롭게 구워낸 것

만 같아서…. 그렇게 막 구운 따끈한 빵을 나눠 줄 누군가가 곁에 있으면 좋고, 곁에 아무도 없어도 그런대로 좋다.

사람에게서 도무지 받을 수 없는 위로를 갓 구운 빵이 건네기도 하는 법.

보잘것없는 일이라도 '진짜'

"자기 안에 있는 힘으로 자라고, 강한 생명력을 가진 작
물은 발효를 하게 된다. (…)
반대로 외부에서 비료를 받아 억지로 살이 오른,
생명력이 부족한 것들은 부패로 방향을 잡는다."

〈시골빵집에서 자본론을 굽다〉 - 와타나베 이타루

*

　책을 읽을 때 밑줄을 치면서 읽는 습관이 있다. 이 책에
서 가장 먼저 밑줄을 그은 문장은 이것이었다.

"보잘것없는 일이라도 좋으니 '진짜' 일을 하고 싶다."

진짜 일. 매일 몸을 바쁘게 움직이고 있으면서도 '진짜 일'을 하고 있다는 생각을 못하는 건 단순히 돈벌이가 별로 되지 않는다거나 번듯한 명함이 없기 때문은 아닐 것이다. 저자는 소위 말하는 '좋은 직장'을 버리고 시골에 들어가 빵을 구워 팔면서 '진짜 일'을 하게 되었다고 말한다. 심지어 시골 빵집의 경영 이념은 이윤을 남기지 않는 것이다.

마르크스가 살던 19세기 중반의 런던에는 두 종류의 제빵업자만 남게 되었다. 사람들이 매일 먹는 빵에도 자본의 논리가 결부되기 시작한 것이다. 조합의 흐름을 이어가는 '정상가 판매업자'와 자본가가 배후에 숨은 '저가 판매업자.' 저가 판매업자들은 오로지 종업원을 장시간 부리는 방법으로 엄청난 저가를 실현했다. 마르크스는 당시 노동자와 서민들의 비참한 상황을 보고 슬픔과 분노로 〈자본론〉을 썼고, 저자는 시간이 흘렀음에도 변하지 않는 가혹한 환경에 저항해 〈자본론〉을 읽은 대로 삶에서 살아내려고 했다.

어디 '자본론' 뿐일까. 살면서 좋은 책을 많이 만났고, 머릿속에 제법 많은 생각이 들어갔다. 하지만 읽은 것과 아는 것을 실제 삶으로 살아낸다는 건 결코 쉽지 않다.

부패할 것인가, 발효할 것인가.
그 방향을 결정하는 건 생명력이다.
결국 '진짜 일'은 생명을 살리는 일이었던 것이다.

누구나 어쩔 수 없다면서 휩쓸려 흘러가는 그 흐름에서 내려서는 일은 결코 쉽지 않다. 아내와 아이들을 데리고 시골로 내려가 균의 소리에 귀 기울이며 정성을 다해 빵을 굽는 와타나베 이타루에게 진심으로 경의를 표한다.

읽은 대로 사는 삶,
생각을 실제로 살아내는 삶은 아름답다.

휩쓸려가며 흩어지는 시간 속에서

"현재를 이루는 점들 사이에 아무런 중력도
작용하지 못한다면, 시간은 휩쓸려가고 방향 없는
과정의 가속화가 촉발될 것이다."

〈시간의 향기〉 - 한병철

*

한 달 동안 전라도 여행을 하면서 '슬로시티' 몇 개를 둘러보았다. 담양의 창평 삼지내 마을, 증도, 그리고 완도에서 배를 타고 들어가는 청산도. 셋 다 물론 다른 느낌이었지만, 세 곳 모두 차에서 내려 천천히 걸어야 좋은 곳이었다. 느리게 걷는 것이 좋았지만, 해결되지 않는 갈증이 남아 있었는데 마침 이 책을 읽으며 그 이유를 알게 되었다.

많은 이들이 가속화가 위기의 원인인 양 말하고 있지만, 저자는 오늘날 닥친 시간의 위기를 가속화로 규정할 수 없다고 말한다. 우리가 가속화라고 느끼는 건 '시간 분산의 징후' 가운데 하나일 뿐이라고. 삶이 빠르게 흘러간다고 느끼는 건 '방향 없이 날아가 버리는 시간'에서 오는 감정이라고.

"시간은 산만해진 까닭에 더 이상 질서를 세우는 힘을 발휘하지 못한다. 이에 따라 삶에는 뚜렷하고 결정적인 결절점이 생겨나지 못한다. 인생은 더 이상 단체, 완결, 문턱, 과도기 등으로 구분되지 않는다…. 그들은 그렇게 나이를 먹어가지만 늙지는 않는다. 그러다가 불시에 끝나버리는 것이다."

"시간이 과거보다 훨씬 더 빨리 간다는 인상 또한 오늘날 사람들이 머무를 줄 모르게 되었다는 것, 지속의 경험이 대단히 희귀한 것이 되어 버렸다는 사정에서 비롯된다. 쫓긴다는 느낌이 '놓쳐버릴지 모른다는 불안'에서 생겨난다는 것도 잘못된 가정이다."

여행하는 한 달 동안 천천히 걸으면서 왜 그토록 나무에
눈길이 갔는지 이제야 알 것 같다. 단순히 느리게 사는 것만
으로는 채워지지 않는 '시간의 향기'에 대한 그리움이었을
것이다. 의미라는 중력에 대한 열망. 그리고 뿌리를 내리고
머무는 삶에 대한 동경.

'중력을 잃고 의미에 닻을 내리지 못한 채 근거도 목적도
없이 마구 내달려가고' 있는 시간에 이제 향기를 돌려주고
싶다. 성급하게 일상으로 돌아가기 전, 아직 길 위에 며칠이
남아 다행이다. 좀 더 느리게 걷고 '머무름'에 대해 더 생각
해 볼 며칠이.

문득 갖고 싶은 게 생겼다

"먼 곳에서 찾아온 이유를 말씀 드리자 마당 안에 있는
백 년쯤 된 라일락 나무를 보여 주셨습니다."

〈구멍가게, 오늘도 문 열었습니다〉 - 이미경

*

이제는 점점 사라져 가는 구멍가게.
저자가 전국을 헤매며 하나하나 찾아내 화폭에 담아 놓
은 구멍가게들을 천천히 눈에 담았다.
빨간 우체통, 가게 앞에 놓인 평상과 쌓여있는 상자들.
기와로 얹었는지 슬레이트로 했는지에 따라 지붕의 모양

과 색이 달라지긴 해도 대체로 고만고만한 모습의 구멍가게
들….

　　그럼에도 그림마다 눈에 확 띄는 것이 있었다. 검소한 검
은 투피스를 입은 여인들이 가슴에 특별히 달아놓은 화려한
브로치처럼.
　　바로, 나무.

　　흐드러지게 핀 벚꽃이나 목련꽃, 샛노란 은행잎, 잘 익은
사과나 감을 주렁주렁 달고 있는 나무들.
　　소유욕이 점점 줄어들고 있었는데, 문득 갖고 싶은 게 생
겼다.
　　바로, 나무.
　　집이나, 차나, 보석이나 명품 가방이 아니라 나무라니.

　　한동안 '중력'이라는 말에 마음이 흔들리더니, 이제 뿌리
를 내리고 싶은 건지 모르겠다. 더 이상 부유하듯 이리저리
떠다니고 싶지 않다는. 구멍가게는 사라져도 그 곁에 있던
나무는 그 후에도 오래도록 그 자리를 지켜 주겠지. 사라진
구멍가게 각각의 이야기를 가슴에 품고.

나를 끌어당겨주는 중력

"'삶의 의미'는 '만드는 것'이 아니라
'발견하는 것'입니다."

〈내 삶의 의미는 무엇인가〉 - 이시형, 박상미

*

길을 걷다가 나무들이 눈에 들어오기 시작한 건 최근이
다. 저마다 다른 모습의 나무를 보며 늘 중력에 대해 생각한
다. 부유하는 나를 땅으로 끌어당겨주는 중력은 '의미'나 '사
랑' 같은 단어로 바꿔 쓸 수 있을 것이다.

언제부턴가 '삶의 의미' 운운하는 걸 촌스럽다고 느끼는 분위기가 흐르고 있다. 그런가 하면 우울증 환자는 날로 늘어간다. 환자로 진단받는 경우도 늘고 있지만, 진단받지 않았다 해도 우울감에 젖어 시들어가는 사람들을 주위에서 쉽게 볼 수 있다. 나 자신을 포함해서. 저자의 말대로 실존적 공허는 신경안정제로 간단히 해결할 수 있는 문제가 아니니까.

분위기를 거스르더라도 이제는 물어야 하지 않을까.
내 삶의 의미는 무엇인가?

갑자기 없던 의미를 만들어내라 한다면 막막하겠지만, 삶의 의미는 이미 존재한다.
내가 알아챘든 못 알아챘든 관계없이.

삶이 무의미하게 느껴지고 공허하고 기쁨을 잃었다면, 이제 찾아 나서야 할 때다.
삶의 의미를 발견할 때까지.

몸의 기억

"몸속 깊은 곳에서 묵직하게 올라오는 욕망이었다. 어떻게 보면, 나를 이끄는 것은 내 뇌가 아니라 내가 물려받은 늙은 몸인 것도 같았다. 지금 리진효라는 이름을 가진 존재의 98퍼센트나 되는 그 늙은 몸이 나름의 논리에 따라 나를 이끌고 내 뇌는 그것을 제어하지 못하고 끌려가는 것 같았다."

〈내 몸 앞의 삶〉 - 복거일

*

기억을 참 많이 잃어버렸다. 기억이 사라지는 데는 여러 가지 이유가 있겠으나, 기억과 함께 내 삶도 상당 부분 사라지는 게 아닌가 하는 불안이 엄습할 때가 있다.

돈 많고 나이 많은 중국인에게 자신의 '몸뚱이를 팔게' 되는 주인공 이야기다. 자신의 뇌를 나이 많은 중국인의 몸에 이식하고, 그 중국인의 뇌를 자신의 몸에 이식해서…. 하루아침에 수십 년 늙어버린 낯선 몸과 자기 삶의 기억을 가진 뇌. 그런 '나'를 이끌어가는 건 뇌와 몸 중 무엇일까.

언젠가 가까운 미래에 뇌를 바꾸는 수술이 가능하게 된다 해도, 소설 속 주인공처럼 정말 느낄지 확인해 보지는 못할 것 같다. 늙어가는 내 몸도 사라져 가는 기억도 바꾸고 싶지 않기 때문이다.

이 책 말미를 읽을 때,
"원시적인 무엇이, 뜨겁고 강렬한 무엇이, 내 살을 가득 채웠다."

소설이 한없이 고마웠다.
뇌가, 기억이 전부가 아니라고 말해 줘서….
기억이 사라지건 말건, 뜨겁게 몸으로 살아낼 삶이 남아 있다고 말해 줘서….

기억은 앞으로 더 많이 사라지겠지만, 선명하게 남아 있는 몸의 기억으로 더없이 나답게 살 수 있다니.

이토록 아슬아슬한 연재 노동이라니

"뭔가를 사랑하기 시작한 사람들은
작은 가능성에도 성실해진다."

〈일간 이슬아 수필집〉 - 이슬아

*

갈수록 책들이 작고 얇아지는 요즘, 두툼한 수필집을 읽고 이슬아를 좋아하게 되었다.

노브라를 고집하는 그녀에게 브라를 하고 다니라거나, 그렇게 살지 말라고 무례한 훈계와 설교를 들이대는 독자들이 있음에도 내밀한 이야기를 솔직하게 풀어가는 그녀의 단단함이 좋고.

그런가 하면 "〈일간 이슬아〉의 소재는 이슬아 씨의 생활에서 나온 것이지만, 그렇다고 우리가 이슬아 개인을 알 수 있을까?" "나 자신이면서 내가 아닌 목소리라는 사실을 글을 써본 이들은 누구나 경험하게 된다"면서 글과 작가와의 간극을 이해하는 독자들의 지지가 부럽다.

하지만 그 무엇보다 이슬아를 좋아하게 만든 건 그녀의 '성실함'이다. 매일 글 한 편을 마감한다는 건 결단코 쉬운 일이 아니다. 전혀 다듬지 않은 초고 한 편을 쓰는 일도 '매일'이 전제되면 허덕댈 수밖에 없다는 걸 잘 알고 있다.

이슬아가 성실하게 매일 쓸 수 있는 건, 아마도 그녀가 가진 풍성한 사랑 때문이겠지.

사랑하는 사람만이 그토록 성실해질 수 있는 거니까.

'이토록 아슬아슬한 연재 노동'을 계속 이어나갈 수 있기를 응원한다.

끝없이 부유하는 인생에서

"인생이 이처럼 부유하게 하지 않으려면
고정점을 찾아내야 해요……."
그는 자신이 한 말의 진지함을 완화시키고 싶기라도
한 듯 내게 미소를 지었다.
"한 번 고정점을 찾게 되면, 그땐 모든 게
더 좋아지겠죠?"

〈작은 보석〉 - 파트릭 모디아노

*

파트릭 모디아노답게 여전히 기억의 파편들에 의지한 과

거의 여행이 나오지만, 전에 읽었던 다른 작품들과 묘하게 달랐다. 각 작품의 연대를 확인하고야 고개를 끄덕였다.

작품도 작가와 함께 나이를 먹는구나.

끝없이 부유하던 젊은 시절과 달리 고정점을 찾아 붙들고 있는 걸 보면…

나 역시 나이를 먹고 있다.

극과 극을 달리며 수많은 인생의 부침을 경험했다.

"살아가는 내내 곁에 머물면서,
당신이 무슨 짓을 해도 실망하지 않는 사람이 있다."

그런 누군가가 있었기에
'끝없는 통로를 따라 휩쓸려' 가던 내가 갑자기
'노란 외투'를 발견할 수 있었던 것이리라.

그런 날에 네가 생긴 거야, 완벽한 날에

"내가 이런 얘기를 자식한테까지 해야 하나 싶어서 말을 안 했는데, 느이 아빠 집에 먼저 찾아간 건 나였어. 남자 혼자 사는 집에. 무슨 일이 일어날지 왜 몰라. 다 알지. 가르쳐 주지 않아도 알게 되는 게 있거든. 그날은 정말 완벽한 하루였거든. 그래서 찾아갔지 그 집을. 완벽한 날에 함께 있고 싶어서. 그런 날에 네가 생긴 거야. 완벽한 날에."*

〈마음의 부력〉 - 이승우

*

7년간 불 같은 연애를 한 남자는 자살 소동을 벌여 겨우 결혼 허락을 받아냈다. 어렵게 결혼을 했지만 부부는 신혼을 떨어져 지내야 했다. 전방에서 군 복무를 해야 했던 남자와 무서운 홀시어머니와 살아야 했던 여자는 서로를 절절이 그리며 그렇게 신혼을 보냈을 것이다.

어느 늦은 봄날 군대 간 아들을 면회한 남자의 어머니는 선물처럼 며느리를 그곳에 남겨두고 먼저 돌아온다. 그렇게 남자와 여자는 하룻밤을 보낼 수 있었다. 밤새 잠들지 못하고 서로를 아쉬워하는 뜨거운 밤이었을 것이다. 이름이 하필 '부산 여관'인 허름한 숙소의 방에서 애끓는 밤을 보내고 돌아온 여자는 온몸에 이가 옮아 한참을 고생했다. 이만 옮아온 것이 아니어서 여자는 입덧으로 오랫동안 힘든 시간을 보냈다.

그날 밤 생긴 아기는 자기애가 강했는지, 자신이 태어난 날을 지극히 사랑했다. 숫자 중 16이라는 숫자를 가장 좋아하고, 안정적인 둘보다는 팽팽한 삼각관계에 더 끌렸다. 토요일 오후면 늘 가슴이 설레었고, 극에서 극으로 치닫는 '물고기자리'의 특성에 늘 충실했다.

하지만 언제부턴가 더 이상 생일을 기쁜 마음으로 맞지

못하게 되었다. 아마 남자와 여자가 더 이상 서로를 사랑할 수 없게 되어버린 그날부터였으리라. 그럼에도 뜨거운 불처럼, 끝없이 흔들리는 바람처럼 세상에 왔던 그날을 그냥 무시할 수는 없어 생일이 되면 생일을 떠나보내는 애도의 시간을 갖는다.

이제 되돌릴 수 없다는 건 안다.
하지만 이미 남남이 되어버린 부모에게서 듣고 싶던 말이었다.

"그런 날에 네가 생긴 거야. 완벽한 날에."

사랑은 받아 본 사람만이 잘할 수 있으니까.

---

*인용문은 천운형의 단편 '아버지가 되어주오' 중

저
녁
놀

당신이 발견한 빛깔은

그가 또 살그머니 책 한 권을 놓고 갔다. 누군가 읽은 흔적이 남아 있는 책을 보는 일은 엿보기나 훔쳐보기와 닮은 데가 있다. 나도 모르게 두근두근 가슴이 뛴다는 점에서. 그 빠른 심장 박동을 뇌는 종종 설렘으로 해석한다.

그가 슬쩍 두고 간 책들의 리스트를 보니 장르를 넘나들며 산만하다. 나를 닮았다. 누군가는 초록이나 노랑, 회색 빛깔의 책은 왜 없는지 물을 지 모른다. 심지어 노랑은 삼원색 중 하나인데 왜 빠졌느냐고 따질지도 모르겠다. 솔직히 말하면 나는 모른다. 책을 골라 읽고 두고 간 건 내가 아니라 그였고, 나는 그저 책 속에 남긴 흔적을 더듬으며 내가 발견한 빛깔을 기록했을 뿐이다.

이 책은 책 속에 등장하는 80권의 책에 대한 서평도 해설서도 아니다. 그저 그가 슬쩍 두고 간 책 속에 남겨둔 밑줄이나 메모 같은 흔적에 지나지 않는다. 그가 남긴 불완전하고 때로는 암호 같은 흔적이 나의 책 읽는 시간을 설레게 했듯이, 내가 남긴 흔적이 당신이 책을 집어 들고 읽게 만드는 작은 자극이 된다면 더 바랄 게 없겠다.

당신이 이 책을 읽고 발견할 빛깔은 과연 무슨 색일지 궁금하다.

2022년 봄, 윤소희

산만한 그녀의 색깔있는 독서 　　　　초판 1쇄 2022년 4월 1일

지은이	윤소희
펴낸이	최대석
편집	최연, 이선아
디자인1	H. 이치카, 김진영
디자인2	이수연, FC LABS

펴낸곳	행복우물
등록번호	제307-2007-14호
등록일	2006년 10월 27일
주소	경기도 가평군 가평읍 경반안로 115
전화	031)581-0491
팩스	031)581-0492
홈페이지	www.happypress.co.kr
이메일	contents@happypress.co.kr
ISBN	979-11-91384-21-5　03810
정가	15,300원

이 책의 국립중앙도서관 출판예정도서목록(CIP)은
서지정보유통시스템 홈페이지(http://seoji.nl.go.kr)와
국가자료공동목록시스템(http://nl.go.kr/kolisnet)에서
이용하실 수 있습니다.

Publisher's Note

Sohee Yoon

blog

여백을 채우는 ─

☾ 계속되는 독자들의 사랑,
쏟아지는 리뷰 X 리뷰

"홀고 거닐며 느끼는 고독과 온몸의 감각
을 깨우는 듯한 상쾌함, 그 사이 어디쯤을
이야기 하는 책."
(@literature_catherine)

"몽글몽글하게 잘 다듬어진 그녀의 언어
를 마주하며, 화려해 보이는 스팩을 가진
그녀의 삶도 어느 누구처럼 부침이 있었
다는 걸 알아가며, 마음이 일렁였다."
(@voyage_with_books)

"이 책은 몰아서 빠르게 읽을 수 없다. 한 글자, 한 장, 비가 오
거나 눈이 오는 날, 혹은 어두운 밤이거나, 날이 밝아지기 전
어두운 새벽에 펼쳐서 읽고 싶다. 아주 고요한 시간에 집중하
여 읽고 싶다."(@s.woo.b)

사랑

윤소희

여백을 채워내는
사랑의 언어들

윤소희

여백을 채우는 사랑

"여백을 남기고, 또 그 여백을 채우는 사랑"

윤소희 전 KBS아나운서,
부서지던 마음에 손을 내밀어 준
생각과 글들

행복우물

오리도 날고 우리도 날고

김명진

아빠 힘들면 도망가! feat. 오리찡

Kim Myungjin

오리도 날고
우리도 날고

아빠, 힘들면 도망가···!

정말 새가 되면 이런 느낌이지 않을
까? 그 자유로운 기분······

오리는 홀 나는 중 알았는데 애가 오리는 날았다

**자발적 퇴사자 아빠와 엉뚱한 아들, 세계를 날다
세계 곳곳에서 펼쳐지는 즐거운 분노,
고통스럽도록 유쾌한 에피소드들**

네가 번개를 맞으면 나는 개미가 될거야

장하은

**출간 즉시
베스트 셀러**

Jang Haeun

네가
번개를 맞으면
나는 개미가
될거야

우울과 불안 사이, 그 너머엔…

어떤 추억은 가늘게 그어진 틈새 사이
로 빛을 받고 물에 금히기도 했다.

**소심하고 내성적이었던 아이에서
더 소심하고 불안한 어른이 된 이야기
feat. 불안장애**

연시리즈 에세이 8

자기 객관화 수업

모기룡

**자기객관화?
가스라이팅?
주체성?**

자존감 주체성 가스라이팅 진정한 나 현실을 보는 눈 2인칭의 관점으로 보는 세상 소통과 다른 사람

자기 객관화 수업
현실적응능력을 높이는 철학상담

**우리는 스스로를 객관적으로 볼 수 있을까?
자기 객관화와 관련된 심리학, 철학적 사유**

한 권으로
백 권 읽기 II

다니엘 최

**명품도서
백 권을
읽는다**

고고학에서 문사철, 자연과학, 인공지능…
필독 핵심 도서 백 권을 한 권으로 읽는다

행복우물출판사 도서 안내

● STEADY SELLER

○ 사랑이라서 그렇다 / 금나래

"내어주는 것은 사랑한다는 말, 너를 내 안에 담고 있다는 말이다"
2017 Asia Contemporary Art Show Hong Kong,
2016 컬쳐프로젝트 탐앤탐스 등에서 사랑받아온 금나래 작가의 신작

○ 옷을 입었으나 갈 곳이 없다 / 이제

"손가락 사이로 미끄러지는 빛은 우리의 마음을 헤쳐 놓기에 충분했고,
하얗게 비치는 당신의 눈을 보며 나는, 얼룩같은 다짐을 했었다."

● BOOK LIST

○ 뉴욕, 사진, 갤러리 / 최다운 ○ 음식에서 삶을 짓다 / 윤현희
○ 삶의 쉼표가 필요할 때 / 꼬맹이여행자 ○ 벌거벗은 겨울나무
/ 김애라 ○ 청춘서간 / 이경교 ○ 가짜세상 가짜 뉴스 / 유성식
○ 야 너도 대표 될 수 있어 / 박석훈 외 ○ 아날로그를 그리다
/ 유림 ○ 자본의 방식 / 유기선 ○ 겁없이 살아 본 미국 /
박민경 ○ 한 권으로 백 권 읽기 / 다니엘 최 ○ 흉부외과 의사는
고독한 예술가다 / 김응수 ○ 나는 조선의 처녀다 / 다니엘 최
○ 하나님의 선물—성탄의 기쁨 / 김호식, 김창주 ○ 해외투자
전문가 따라하기 / 황우성 외 ○ 꿈, 땀, 힘 / 박인규 ○ 바람과
술래잡기하는 아이들 / 류현주 외 ○ 어서와 주식투자는 처음이지
/ 김태경 외 ○ 신의 속삭임 / 하용성 ○ 바디 밸런스 / 윤홍일 외
○ 일은 삶이다 / 임영호 ○ 일본의 침략근성 / 이승만 ○
뇌의 혁명 / 김일식 ○ 멀어질 때 빛나는: 인도에서 / 유림

행복우물 출판사는 재능있는 작가들의 원고투고를 기다립니다
(원고투고) contents @ happypress.co.kr